NORBERT GOLLUCH

Tiefkühlfleisch im Büstenhalter

SCHWARZER HUMOR
VOM FEINSTEN

UEBERREUTER

Die Deutsche Bibliothek – CIP-Einheitsaufnahme

Golluch, Norbert:
Tiefkühlfleisch im Büstenhalter : schwarzer Humor vom Feinsten /
Norbert Golluch. – Wien : Ueberreuter, 1998
ISBN 3-8000-3703-3

AU 0441/1

Umschlagfoto: PIX Bildagentur

Printed in Austria
7 6 5 4 3 2 1

INHALT

KURIOSE KATASTROPHEN

Darwins »survival of the fittest«: Die Vorstellung vom Überleben des Stärkeren, vom gnadenlosen Kampf in der Natur. Auge um Auge, Zahn um Zahn. Bestien zerfleischen einander, Krallen schlitzen Felle, Knochen brechen, Körperteile fliegen. Schwache Individuen, sensible Denker und sanftäugige Rehkitze werden gnadenlos niedergemetzelt und gefressen – ist das noch Realität?

Sieht man bewußt nachlässig von einigen kriminellen Auswüchsen und Kriegen ganz in unserer Nähe ab, so leben wir in unseren Tagen und Breiten recht angenehm und sicher. Jedenfalls ohne einen Freßfeind, ohne ständige unmittelbare Bedrohung unserer Existenz und daher weitgehend ohne natürliche Selektion. Sonst würde sicher nicht hinter jeder Straßenecke ein Versicherungsvertreter lauern, der mit uns gleich ganze Kollektionen von Lebensversicherungen abschließen möchte, weil er zu Recht vermutet, daß wir ohnehin nicht vor der Zeit abtreten mögen.

Es sähe tatsächlich schlecht aus um die Optimierung des humanen Körpers und Geistes durch die natürliche Selektion, gäbe es da nicht eine menschliche Eigenschaft, die bei der Zuchtwahl hilft und ihre Effektivität auch in Tagen der relativen Zivilisation ermöglicht: die Dummheit.

Nicht mehr der körperlich Stärkere, sondern der Klügere überlebt, müssen wir heute sagen, denn die geistig Minderbemittelten sind nicht davon abzuhalten, andere, vor allem aber sich selbst durch ihre Unwissenheit zu gefährden. Dieses unaufhaltsame Wirken der Blödsinnigkeit zugunsten der Evolution will ich auf den folgenden Seiten belegen. Dabei werde ich Sie nicht ausschließlich mit physisch tödlicher Dummheit konfrontieren. Ich beziehe – sozusagen als Studien im Vorfeld letaler Stupidität – einige weitere Ebenen in meine Beobachtungen ein und lasse auch Beiträge zu, die eigentlich nur das Prädikat alltägliche, haarsträubende oder himmelschreiende Dummheit verdienten.

Das Ergebnis und zugleich eine der Erscheinungsformen der selektierenden Eselei ist die Katastrophe. Dummheit verursacht Katastrophen – zwar nicht alle, doch einen erheblichen Anteil. Meist sind es nur gewöhnliche Katastrophen, die unsere Betroffenheit oder unser Mitleid ansprechen. In einigen seltenen Fällen allerdings läuft die Begriffsstutzigkeit derart zur Hochform auf, daß aus der Katastrophe ein künstlerisches Ereignis wird: die kuriose Katastrophe entsteht. Ihr soll – bitte entschuldigen Sie die katastrophal lange Einleitung – unser Hauptaugenmerk gelten.

Kuriose Katastrophen haben z. Zt. Konjunktur, und es gibt ein gewisses Bedürfnis nach Meldungen und Nachrichten zum Thema. Und wo ein Bedürfnis, da auch eine entsprechende Befriedigung. Im Internet (Quelle auch für etliche der hier verwendeten Informationen) macht bereits seit einiger Zeit der »Darwin Award« Furore. Das Reglement in groben Zügen: »Der Darwin Award wird jenen Vertretern der Art Mensch zuerkannt, die sich auf die spektakulärste und denkbar dümmste Art und Weise aus dem Gen-Pool der Menschheit entfernen.« Dies sind, so berichtet der SPIEGEL, im Regelfall Männer. Womit wir mitten im Thema wären.

Hitliste der geistesschwachen Todesarten

Hier meine persönliche Hitliste der Todesarten, die auf einen deutlichen intellektuellen Mangel zurückzuführen sind. Sie ist subjektiv und hat nichts mit der statistisch korrekten tatsächlichen Anzahl von Fällen zu tun. Am häufigsten ereignen sich übrigens Unglücke mit Schußwaffen, die auch in diesem Buch eine Rolle spielen werden. Doch sind sie zu vorhersehbar, um hier einen der ersten Plätze zu belegen.

Platz 1: Das Urinieren auf stromführende Leitungen. Weshalb Männer gedankenlos von Brücken herab auf die Fahrdrähte der Eisenbahn oder anderenortes auf weitere stromführende Teile urinieren, gehört zu den Rätseln der Evolution. Nachher finden sie auch keine Zeit mehr, nach den Gründen für ihr Tun zu forschen. Der SPIEGEL berichtete über einen besonders kreativen polnischen Elektrofischer, der sich »bei der Arbeit« Erleichterung verschaffen wollte und in den spannungsgeladenen Teich pinkelte.

Platz 2: Tod mittels Verkehrsmittel. Daß mancher Manni sich mit seinem Manta ins Jenseits katapultiert, ist trivial. Aber ein Filmer, der bei den Dreharbeiten über die Gefahren niedriger Durchfahrten starb – an einer zu niedrigen Durchfahrt –, das hat echt darwinistische Qualitäten. Diese Kategorie hat auch im folgenden einige unterhaltsame Fälle zu bieten.

Platz 3: Tod im Liebesrausch. Liebe macht nicht nur blind, sondern auch dumm. Sie werden den folgenden Seiten einige beglückend gefährliche Liebesabenteuer dokumentiert finden.

Nicht zu den Gefahrengebieten gehört, obwohl dies naheläge, das große Aktionsfeld der Heimwerker. Hier kommt es zwar zu Verletzungen, doch besitzen die Ereignisse nur selten die künstlerische Höhe, die es braucht, hier aufgenommen zu werden.

Und wie steht es mit der Wahrheit?

Manche der Geschichten, auch in diesem Buch, hören sich so haarsträubend und konstruiert an, daß Zweifel an ihrer Authentizität aufkommen könnten. Es könnte in der Tat sein, daß die eine oder andere Meldung erstunken und erlogen ist, zumal manches Mal auf mündliche Quellen zurückgegriffen wurde. Dann aber sind sie hoffentlich so gut erstunken und erlogen wie die folgende Meldung aus dem Internet. Mehr noch: Diese Meldung ist sozusagen die Mutter aller Falschmeldungen im Bereich kurioser Katastrophen. Das HAMBURGER ABENDBLATT brachte das erstklassig ausgedachte Szenario als ernstzunehmende Meldung. Der SPIEGEL entlarvte die Quelle und das ganze Geschehen als pure Erfindung. Aber mal ehrlich – hört sich die Story nicht einfach zu schön an?

Arizona – Beamte der Arizona-Highway-Patrol waren verblüfft, als sie einen Klumpen geschmolzenen Metalls in gut 80 Metern Höhe an der aufragenden Wand einer Klippe fanden – vis-à-vis von einer Kurve der etwa zwei Kilometer entfernten Landstraße. Sie dachten bei dem Wrack zunächst an ein abgestürztes Flugzeug, aber es war ein Automobil. Das Polizeilabor fand heraus, was geschehen war: Der Besitzer des Wagen muß sich von irgendwoher eine JATO-(Jet Assisted Take Off)-Feststoffrakete beschafft haben, wie sie zur Starthilfe schwerer Militärtransportflugzeuge verwendet werden, um das problemlose Abheben auf kurzen Rollfeldern zu ermöglichen. Diese Rakete befestigte der Fahrer an seinem Wagen, einem Chevrolet Impala. Dann unternahm er auf einem langen, geraden Teilstück der Wüstenstraße einen Hochgeschwindigkeitsversuch. Er fuhr los, beschleunigte bis auf etwa 100 km/h und feuerte die JATO ab ...
Er muß ungefähr 350 bis 420 km/h schnell gewesen sein, als er die Kurve erreichte. Die Bremsscheiben des Wagens waren

völlig verbrannt durch den Versuch, das Fahrzeug zu stoppen. Vor dem Crash muß der Wagen also gut und gerne 2000 Meter durch die Luft geflogen sein ...

(Internet)

Die Beiträge in diesem Buch sind meist alltäglicher und glaubwürdiger, aber entbehren dennoch nicht die Qualität der vorangegangenen Meldung. Sie werden auch hier manches Highlight entdecken, das auch dem Baron Münchhausen zur Ehre gereicht hätte. Zur Auswahl wäre vielleicht noch zu sagen, daß manche Meldung durch etliche ähnlich gelagerte Fälle zu ergänzen wäre. Das Buch wäre dann bedeutend umfangreicher ausgefallen. Ich habe mich aber bemüht, solche Ereignisse auszuwählen, die eine überdurchschnittliche Komponente von schwarzem Humor enthalten. Etliche Katastrophen, die nur dumm und traurig sind, habe ich Ihnen so erspart.

HALALI!

Katastrophen mit Schußwaffen

Besonders gefährlich wird Dummheit, wenn es nur die Betätigung eines winzigen Hebels braucht, um zwischen Leben und Tod zu entscheiden. Schußwaffen im Haus dienen nämlich keineswegs dem Schutz der Familie, wie eine amerikanische Untersuchung herausfand. Im Gegenteil: Das Risiko, ermordet zu werden, verdreifacht sich, wenn eine Waffe im Hause ist. Täter: zumeist »Freunde« der Familie oder Verwandte. Hinzu kommen Unfälle mit Waffen. Hier einige der krassesten Fälle, in denen Revolver, Pistolen, Gewehre und größere Kaliber eine entscheidende Rolle spielen.

Mann erschießt sich im Scherz

Decatur, Alabama – Um seine Freundinnen zu beeindrucken, hielt sich ein 25 Jahre alter Bürger aus Decatur einen Revolver an den Kopf. Es löste sich ein Schuß aus der Waffe und tötete den Mann. Das Opfer, ein gewisser Douglas Wayne Henderson, starb um 12.20 Uhr im Wohnzimmer seines Hauses. Die beiden Zeuginnen der Tat sagten vor der Polizei aus, Henderson habe die Waffe unvermittelt aus seinem Mantel geholt und sich den 38er Revolver »spielerisch an den Kopf gehalten«. Die Damen zeigten sich von dem Selbsttötungsakt keineswegs in gewünschter Weise beeindruckt.

(Internet)

Weniger scherzhaft, aber keineswegs weniger verderblich war der folgende Herr motiviert. Dabei wollte er nur dem gefähr-

lichsten Interesse nachkommen, das Menschen umtreibt und das überhaupt erst zur Erfindung von Waffen geführt hat: dem Sicherheitsbedürfnis ...

Schußwaffen? Absolut sicher!

Glendale, Kalifornien – Bei dem Versuch, seiner Frau die unbedingte Sicherheit seiner Schußwaffen zu demonstrieren, schoß sich ein gewisser Robert Shovestall, 37, mit einer Pistole des Kalibers 45 in den Kopf. Er war sich sicher, daß die Schußwaffe ungeladen war, hielt sie sich unter das Kinn und zog den Abzug – so schilderte seine Frau den Unfallhergang gegenüber der Polizei. Sie hatte sich über seine Sammlung von über 70 Waffen beschwert, und er hatte sich daraufhin bemüht, ihr deren Harmlosigkeit zu demonstrieren.

(Los Angeles Times)

Glücklicherweise endet nicht gleich jeder Zugriff auf eine Schußwaffe derart final. Manchmal trifft es auch nur die Extremitäten:

Mann schießt sich in den Fuß – zweimal!

Kann ja mal passieren unter Waffennarren: Ein Mann in der kalifornischen Stadt Hilmar schoß sich beim Umgang mit seiner Waffe versehentlich in den Fuß – Künstlerpech! Doch als er von Freunden aus dem Krankenhaus abgeholt wurde, mußte er denen demonstrieren, wie es zu dem Unfall gekommen war – und traf zum zweiten Male in denselben Fuß.

Von noch größerer Begriffsstutzigkeit – und der enorm anästhesierenden Wirkung von Alkohol – kündet das folgende Ereignis (ob es sich aber tatsächlich so zugetragen hat, kann ich nicht beurteilen; das überlasse ich Waffenexperten und Alkoholikern):

Mann schießt sich in den Fuß – dreimal!

West Virgina – Es war wohl nicht sein Tag: Als ein 38jähriger Mann in leicht angetrunkenem Zustand seine Waffen reinigen wollte, schoß er sich dreimal hintereinander in den Fuß, und zwar mit Waffen des Kalibers 32, 380 und 357 ...

Wieder mit tödlicher Folge endete das nachfolgende Vorkommnis, wobei das Opfer hier womöglich unbewußt in der Absicht handelte, dem Tod ins Auge zu schauen:

Durchblicker

Mit einem Feuerzeug wollte Gregory David Pryor, 19, nachsehen, weshalb sich der Schuß aus einer Vorderladerwaffe nicht korrekt gelöst hatte. Er leuchtete in das Rohr Kaliber 54, und das Schießpulver explodierte. Der Waffenexperte kam dabei ums Leben.

(Internet/The Indianapolis Star)

Wie fühlt sich das wohl an?

Prestonburg, Kentucky – Er wollte es wissen: Philipp Johnson, 32, schoß sich in die Brust, direkt über der linken Brustwarze. Er hat es erfahren: Das Personal des Krankenwagens berichtete später: »Der Mann schrie wie am Spieß!« Das es weh tut, hätte man ihm vorher sagen sollen ...

(News Of The Weird)

Von archaischen Jagdinstinkten getrieben, agierten die folgenden Herren:

Großwildjagd

Guthrie, Oklahoma – Beim Versuch, einen Tausendfüßler mit einem Gewehr des Kalibers 22 zu erlegen, wurde der 20jährige Jason Heck von einem Querschläger über dem rechten

Auge getroffen. Er selbst hatte einen Freund zu dieser Großwildsafari angestiftet.

(News Of The Weird)

In vielen Fällen ist es nicht die bewußte Tat, die zur Katastrophe mit einer Waffe führt, sondern eine Verkettung unglücklicher Zufälle ...

Spucken lebensgefährlich

Labouchere Bay, Alaska – Ein gewisser Cairl D. Cothren, 50, schoß sich versehentlich in die Schulter. Als er sich aus dem Fenster eines Taxis lehnte, um Kautabaksaft auszuspucken, ging die Schrotflinte los, die er zwischen den Knien hielt.

(News Of The Weird)

Eine andere Ursache für eine Katastrophe: Gewalt erzeugt Gegengewalt, besonders dann, wenn eine Schußwaffe so unsinnig (gibt es überhaupt einen sinnvollen Einsatz?) gebraucht wird wie bei folgendem Geschehen:

Nach hinten losgegangen

Als Keule benutzte ein Mann sein Gewehr, um die Windschutzscheibe des Autos einzuschlagen, in dem seine Exfreundin saß. Der Schuß, der sich dabei löste, traf ihn tödlich in den Bauch.

(Internet/San José Mercury News)

Daß Waffen nicht immer in böser Absicht, sondern manches Mal auch aus rein unterhaltendem Zwecke benutzt werden, steht für jeden außer Frage, der die Revolverorgien von Cowboys in Westernklassikern gesehen hat. Daß jedoch die Ordnungshüter selbst die Ausrüstung für solches Tun zur Verfügung stellen, ist zumindest ungewöhnlich. Für die geringe kri-

minelle Energie der Inhaftierten spricht, daß sie nicht im Ansatz an bewaffnete Flucht dachten ...

Ausnüchterung mit Feuerwerk

Castebar, Irland – Ob die irische Polizei an eine Art Beschäftigungstherapie dachte, als sie drei Betrunkene in eine Zelle sperrte, die als Waffenlager diente? Jedenfalls waren die drei Trunkenbolde begeistert, als sie eine UZI-Maschinenpistole, drei Revolver und gut 20 000 Schuß Munition vorfanden, um sich zu beschäftigen. Das Wachpersonal bemerkte seinen Fehler erst, als die Herren in der Ausnüchterungszelle wie wild um sich schossen. Eine Untersuchung soll jetzt klären, wie dies geschehen konnte ...

(Internet)

Unverstand mit Feuerwaffen ist in unseren Breiten wegen der wenig liberalen Waffengesetze zum Glück recht selten. Bei der Dummheit mit Jagdwaffen hingegen handelt es sich um eine besonders verbreitete Art der geistigen Schwäche, die ich deshalb in epischer Breite darstellen will.

Jäger erschießt Pferd

Ausgerechnet in Österreich erlegte ein Schweizer Weidmann in der Absicht, eine Wildsau zu schießen – ein Pferd. Gemeinsam mit zwei Jagdgenossen hatte der Scharfschütze auf einem Hochstand in der Nähe einer Wildfütterung Stellung bezogen, als zwei Haflinger-Pferde (Schulterhöhe nur etwa 1,40 m) auf die Lichtung traten. Auch das zweite Pferd wurde getroffen, entkam aber mit einem Steckschuß. Nicht nur Österreichs Jäger lachen sich über soviel Schweizer Präzision krank ...

Moment, Moment, von Kranklachen kann nicht die Rede sein,

berührt diese Meldung doch nicht die sensiblen Bereiche himmelschreiender Dummheit, weil der Irrtum wegen der Größe und Färbung der Pferdchen verständlich bleibt. Eher schon kommt uns folgende Saga seltsam an, die einige Zeit von Mund zu Mund verbreitet wurde:

Jäger erschießen fünf Kühe

Eine Jagdgesellschaft aus dem Sauerland schoß eines Morgens einen gewaltigen Bock: Fünf friedliebende Milchkühe blieben im Frühnebel auf der Strecke, als sie kollektiv auf die Schatten hinter einer Nebelwand feuerte. Das Schnauben der Tiere, das die Jäger zum Schusse verleiten konnte, habe »unverwechselbar von Wildschweinen gestammt«, erläuterte der Revierinhaber später das Tun der Weidmänner. Das Milchvieh sei dann »unerwartet ins Schußfeld gelaufen«.

(Mündlicher Bericht)

Wie umnebelt die Jagdgesellschaft war und ob sie nach ihrer milchwirtschaftsfeindlichen Mordtat das Morgengrauen packte, ist nicht mehr zu klären. Dennoch gehört diese Szene eher zum jagdlichen Alltag – verglichen mit folgender Nachricht:

Phantom mit Knödel abgeschossen

Clarksville, Tennessee – Auf dem alljährlichen Oktoberfest kam es beim Salutschießen mit einer Knödelkanone zu einem seltsamen Treffer. Das Uraltgeschütz aus dem Bürgerkrieg holte, mit Semmelknödeln geladen, einen Phantomjäger vom Himmel. Die Maschine war so beschädigt, daß sich der Pilot zu einer Notlandung gezwungen sah. Ergebnis des Volltreffers: 200 000 Dollar Schadensersatz, an die Airforce zu zahlen ...

(Internet)

Doch nicht nur Militärs leben gefährlich. Auch harmlose Freizeitsportler im deutschen Luftraum kann es unverhofft treffen:

Förster erlegt Drachenflieger

Passau – Als er eben auf einen Schwarm Fasanen angelegt und eine Ladung Schrott abgefeuert hatte, erschien unvermittelt ein Drachenflieger auf der Bildfläche, den die Ladung aus dem zweiten Lauf in die Sitzfläche traf. Der Flieger konnte dennoch sicher landen und wurde in einem örtlichen Krankenhaus medizinisch versorgt. Der Förster entschuldigte sich mit einer Einladung zum Fasanbraten.

(Passauer Bote)

Schüsse auf Menschen tun weh. Aber meist trifft es ohnehin die hilflose Kreatur: »Dackel von der Leine geschossen!« hieß es kürzlich, als ein Jünger Dianas aus Rastatt den Jagdhund seines Freundes und Jagdgefährten mit einem einzigen Schuß erlegte. Absurder hingegen, aber dennoch tatsächlich geschehen:

Hund erschießt Jäger

Ein plötzliches Ende fand der Jäger Hubert K. (63), als sein Vorstehhund Harras die angelehnte Flinte seines Herrn schwanzwedelnd umwarf. Der Schuß, der sich versehentlich löste, traf Herrchen in den Rücken ...

(Mündlicher Bericht)

Überhaupt nicht geschossen wurde im folgenden Fall – dennoch gab es ernste Folgen, denn es sollte geschossen werden, und das auch noch in eindeutig mörderischer Absicht:

Auftragsmörder?

Arizona – Eine Firma namens »Guns For Hire« liefert Schauduelle besonders für Western. Doch eine 47jährige Ehefrau muß den Firmennamen falsch verstanden haben und fragte telefonisch nach einem Auftragsmord an ihrem Gatten. Unfein – sie bekam viereinhalb Jahre ...

(Internet)

Viel gefährlicher als ein Revolver oder ein Gewehr ist auf jeden Fall das Fehlen geistigen Potentials. Nicht einmal eine Waffe benötigte der folgende Akteur, um sich mit Hilfe einer Patrone großen Schaden zuzufügen:

Peng, Ei futsch!

Cotton Patch, Arkansas – Zwei Männer wurden erheblich verletzt, als ihr Wagen auf dem State Highway 38 von der Straße abkam und gegen einen Baum prallte. Grund für den Unfall: Eine 22er Patrone, die der Beifahrer als Ersatz für die Sicherung der Frontscheinwerfer (!) in den Sicherungskasten des Autos eingebaut hatte, war explodiert und hatte den Fahrer, einen gewissen Thurston Poole, 33, am rechten Hoden getroffen. Daraufhin verlor dieser (verständlicherweise) die Gewalt über das Fahrzeug und prallte gegen den Baum. Der Beifahrer Billy Ray Wallis, 38, brach sich das Schlüsselbein.

(Internet/Arkansas Democrat Gazette)

Zum Schluß ein erlösender Irrtum: Glücklicherweise sind nicht immer blaue Bohnen im Spiel ...

Falscher Alarm

Bremen – Einen Mann mit einer gefährlichen Waffe in einem Auto glaubte eine Frau gesehen zu haben und gab das Kennzeichen des Fahrzeugs der Polizei durch. Die griff kurz darauf zu – und ließ den Autofahrer wieder ziehen. Die Waffe war – der Rasierapparat des Herrn ...

(Express/Köln)

Und: Es gibt begrüßenswerte Ansätze, die gefährliche Wirkung verschossener Munition deutlich zu reduzieren:

Umweltfreundliche Geschosse?

Eine Firma in Rockaway Township, Bundesstaat New York, arbeitet an der umweltfreundlichen Gewehrkugel. Sie soll genauso tödlich sein wie die alte Kugel – aber Menschen, Tiere und Umwelt nicht durch ihren Bleigehalt belasten ...

(New York Times)

VOLLGAS!

Eseleien mit Fahrzeugen

Automobile geben der Phantasie (insbesondere der männlichen) in vielfältiger Weise Nahrung. So werden unglaubliche Leistungen von Maschine und Fahrer erträumt, aber auch kuriose Katastrophen erdacht: Der VW-Käfer, der zwischen zwei LKW zur platten Scheibe wird, das Autowrack aus den 20er Jahren, das ein Jäger in der Waldschlucht findet, besetzt mit vier Skeletten, das Auto mit der Feststoffrakete. Diese Geschichten gehören in das Gebiet moderner Legenden (mehr davon sind im letzten Kapitel dieses Buches zu finden). Dennoch ist es unglaublich, was alles auf vier Rädern geschehen kann. Die folgenden automobilen Katastrophen sollen tatsächlich geschehen sein.

Rauschhaftes Teamwork

Zu zweit steuerten zwei Männer einen Wagen durch das nächtliche London, und beide waren sternhagelvoll. Der erste, ein Rollstuhlfahrer, steuerte und schaltete den Wagen, während der zweite Gas und Kupplung betätigte. Beide Männer besaßen keinen Führerschein, den man ihnen hätte abnehmen können ...

(Internet)

Ein schönes Beispiel für den Unterhaltungswert alkoholisierten Autofahrens, das zum Glück glimpflich endete. Das läßt sich vom nachstehenden Fall nicht sagen:

Rauschrekord

Normalerweise sind bereits 3 bis 3,5 ‰ tödlich, doch ein polnischer Autofahrer brachte es auf den traurigen Rekord von 5 ‰. Die überlebte er – nicht aber die Verletzungen, die er sich zuzog, als er eine Kurve verpaßte und gegen einen Baum prallte. R.I.P. Prost!

(The Warsaw Voice)

Mit Alkohol im Blut kann jeder schlecht fahren. Manche Wagenlenker bringen aber auch nüchtern beachtliche Spitzenleistungen:

Auf zur U-Bahn!

In den Untergrund zog es einen 39jährigen Türken aus Berlin, der, gestört durch die Kinder, sein mit der ganzen Familie besetztes Auto in einen U-Bahnschacht steuerte. Nachdem der Familienvater die 15 Meter lange Treppe hinabgefahren war, brachte er seinen Wagen am Bahnsteig zum Stehen. Die Insassen des erheblich beschädigten Fahrzeugs waren nur leicht verletzt und konnten mit der U-Bahn nach Hause fahren ...

(Express, Köln)

Überhaupt geschehen im Bereich automobiler Unglücksfälle bemerkenswerte Dinge, und das nicht erst in unseren Tagen. Die folgende Nachricht aus den 70er Jahren ist rekordverdächtig:

Student fährt Amok

Schwabing – Über 200 parkende Autos rammte im Frühjahr 1977 ein Pädagogikstudent mit seinem VW-Käfer, und das in nur 20 Minuten. Der dabei entstandene Sachschaden belief sich auf über 250 000 DM.

Alkohol, Dummheit, Übermut – es gibt eine ganze Reihe von Gründen, mit dem Automobil Unsinn zu machen. Der folgende ist besonders unangenehm ...

Vor Schmerzen wahnsinnig?

Los Angeles – Ein 48jähriger Mann raste mit seinem Auto in eine Zahnarztpraxis und drückte einen Patienten mit dem Fahrzeug gegen die Rezeptionstheke. Der Polizei gegenüber sagte er: »Ich war sauer, weil ich keinen Termin bekam!«

(Strange News)

Eigentlich sollte man denken, daß Berufskraftfahrer besser gegen automobile Katastrophen gerüstet sind als wir Sonntagsfahrer ...

Lieber mit Orientierung!

Statt nach Vilnius in Litauen brachte ein polnischer Busfahrer eine Gruppe amerikanischer Journalisten in die Ukraine. »Es war die einzige Gegend, von der ich eine Straßenkarte hatte ...«

(Strange News)

Ganz beängstigend wird es, wenn Spieltrieb und Killerinstinkt zusammenkommen ...

Karton I

Der Karton auf der Fahrbahn motivierte die Rambo-Mentalität eines Autofahrers auf einer bayerischen Autobahn. »Paß mal auf, wie Vati jetzt den Karton von der Fahrbahn schnippt!« sollen die letzten Worte des Mannes zum Beifahrer gewesen sein, bevor es zum Crash kam. Denn der Karton war keineswegs leer (wie es sich der todesmutige Chauffeur vorgestellt hatte), sondern enthielt einen massiven Ofen ...

(Mündlicher Bericht)

Karton II

Der Karton auf der Garagenauffahrt war Auslöser eines Familiendramas. Verärgert über einen Waschmaschinenkarton in seiner Auffahrt fuhr ein leicht zu erregender Autofahrer dagegen – leider spielten seine eigenen Kinder darin. »Ich dachte, der Nachbar hätte den Karton dort abgestellt, um mich zu ärgern ...«

(Mündlicher Bericht)

Ebenfalls familienfeindlich endete der folgende Fahrversuch:

Schwerer Fehler

Opfer des eigenen Leichtsinns wurde eine 28jährige Mutter in Wichita, Kansas. Sie hatte ihrem 10jährigen Sohn erlaubt, den Wagen aus der Auffahrt des Hauses zu fahren, weil der Junge dort mit einem Freund Basketball spielen wollte. Bei dem Versuch, ihren Sohn »einzuwinken«, stolperte die Frau. Der Junge wollte bremsen, erwischte aber das Gaspedal ...

(Banner Herald, Athen, Kansas)

Aufschlußreich am folgenden Fall ist, wie verschiedene Ursachen zum gleichen Ergebnis führen können ...

Deutlich gewarnt – aber unbelehrbar ...

Eine gewisse Susan Smith entledigte sich auf brutale Weise ihrer beiden Söhne: Sie ließ sie mit ihrem Auto von einem Bootssteg in einen See rollen. Dieser See wurde nach Bekanntwerden der Untat zu einer Gedenkstätte und Touristenattraktion. Und was geschah einer der Familien, die sich dort der Untat erinnern wollte? Vati vergaß, die Handbremse anzuziehen, der Wagen rollte von besagtem Bootssteg, und die vierköpfige Familie ertrank ...

(Internet)

Weniger tödlich, aber um so enger war die Verbindung des folgenden Mannes zu seinem Auto:

Superkleber bindet

Innig verbunden mit dem Lenkrad seines Fahrzeugs wurde ein Konstruktionsmechaniker in die Klinik eingeliefert. Er hatte sich nach dem Versuch, einen Rückspiegel zu befestigen, selbst am Steuer festgeklebt, weil er einen Rest Acrylkleber an seiner Handfläche übersehen hatte. Erst in der Klinik konnte dem Mann geholfen werden. Weder die Polizei noch ein Notarzt hatten ein probates Mittel gegen den Superkleber gefunden. Haut büßte der Autoliebhaber dank der fürsorglichen Chirurgen nicht ein, denn sie entfernten die Verbindung sanft mit einem Lösungsmittel. Seinen Job war der Mann allerdings los. Kommentar seines Chefs (sinngemäß): »Wer zu dumm ist mit Sekundenkleber umzugehen, was wird der erst bei der Arbeit anstellen?«

(»Explosiv«, RTL)

Weniger zu den ernsthaften Meldungen als zu den urbanen Legenden zählt der folgende Road Movie:

Schneller als das Licht?

Florida – Eine seltsame Messung machte ein Polizist bei einer nächtlichen Radarkontrolle an einer Landstraße in Florida. Der Beamte hörte ein schnell herankommendes Fahrzeug, das Meßgerät schlug Alarm und zeigte nach der Messung 166 Meilen pro Stunde. Nur: Der Beamte hatte nichts – buchstäblich nichts – gesehen. Er zweifelte an seinem Verstand und der Messung des Gerätes, das aber einer technischen Überprüfung am kommenden Tag standhielt. Was war geschehen? Das Rätsel klärte sich am nächsten Tag auf: Zwei Männer waren im Drogenrausch in einem schwarzen Ferrari mit dunkel getönten Scheiben über die Landstraße gerast – ohne jede Beleuchtung. Statt das Licht einzuschalten, hatten sie elektronische Nachtsichtbrillen mit Restlichtverstärkern aufgesetzt, wie sie beim Militär verwendet werden. Bei ihrer zweiten Spritztour »unter Dampf« am nächsten Tag waren sie dennoch von der Straße abgekommen und gegen einen Baum gerast.

(Internet)

Radikale Umweltschützer werden den folgenden Fall als ein gutes Beispiel für die geistigen Qualitäten von Autofahrern oder für den richtigen Gebrauch von Automobilen ansehen:

Die große Reise I

Los Angeles – Ein Mann und seine beiden Söhne erstickten in den Abgasen ihres Wagens, als sie diesen in der geschlossenen Garage warmlaufen ließen, um zum sonntäglichen Gottesdienst zu fahren.

(News Of The Weird)

Nicht jeder mag sein Auto umweltfreundlich. Der folgende Herr wird sich nicht über seinen Euro-Kat gefreut haben ...

Die große Reise II

Über eine Stunde lang inhalierte ein Mann in England die Abgase seines Autos, um Selbstmord zu begehen. Der Versuch mißlang, der Mann konnte gerettet werden. Der behandelnde Arzt: »Der Katalysator war zu gut. Das Kohlenmonoxid reichte für eine tödliche Vergiftung nicht aus!«

(The Lancet)

Gegen andere – genauer gesagt, gegen seine Exfrau und deren Mutter – hegte der folgende Herr Aggressionen. Die wollte er mit automobiler Hilfe ausleben:

Der Mann mit der rollenden Bombe

Baltimore – Michael Wayne Heim, 26, wurde wegen Brandstiftung verurteilt. Im Juni 1994 hatte er den Wagen seiner Exfrau gestohlen, ihn in Brand gesetzt und in Richtung des Wohnhauses seiner Schwiegermutter in Bewegung gesetzt. Alles lief wie geplant – bis auf den Sachverhalt, daß Mr. Heim nicht mehr rechtzeitig aus dem Auto kam. Er lag 23 Tage im Koma und mußte mehrere Hauttransplantationen über sich ergehen lassen. Nun ist er wieder gesund – und sitzt ein.

(News Of The Weird)

Doch nicht nur auf vier Rädern lassen sich beachtliche Katastrophen anzetteln – es geht auch über dem sicheren Erdboden:

Up, up and away!

Long Beach – Ein Mann namens Larry Walters, 33, band ein Bündel Heliumballons an seinen Gartenstuhl und machte den Abflug – ausgerüstet mit einem Luftgewehr und einem CB-Funkgerät. Er stieg gut 2 000 Meter hoch, sehr zur Verwunderung einiger Piloten und der Radarüberwachung des Flughafens. Den Abstieg bewerkstelligte er mit dem Luftgewehr: Er zerschoß einfach so viele Ballons, daß er langsam sank. In etwa 1,5 Meter Höhe sprang er ab. Die Behörden fanden seinen Luftausflug weniger lustig, zumal sein Flugobjekt in einige Stromleitungen geriet und zu einen partiellen Blackout führte. Strafe: saftige 1 500 Dollar.

(Strange News)

ICH LIEBE DICH!

Unverstand im erotischen Rausch

Nicht nur AIDS bedroht den erotisch aktiven Menschen. Liebe und Sexualität können, gepaart mit Dummheit, auf verschiedene Arten gefährlich werden. Oft genügen kleine Zärtlichkeiten ...

Kuß verursacht Unfall

Köln – Ausgerechnet in der Einfahrt des Rheinufertunnels überkamen die 17jährige Freundin eines 19jährigen Golf-Fahrers erotische Anwandlungen: Sie fiel ihrem Freund nicht nur um den Hals, um ihn leidenschaftlich zu küssen, sondern griff ihm auch ins Lenkrad. Der Wagen schleuderte und prallte frontal gegen die Tunnelwand. Ein nachfolgendes Fahrzeug konnte nicht ausweichen und fuhr in den Golf des Liebespaares.

Die küssende junge Frau wurde eingeklemmt, mußte von der Feuerwehr befreit und wegen ihrer schweren Verletzungen ins Krankenhaus gebracht werden. Der Rheinufertunnel blieb längere Zeit gesperrt.

(Kölner Stadtanzeiger)

Weniger gefühlvoll und leidenschaftlich, aber wohl deutlich sexueller waren die Motive eines Mannes, der in Hamburg medizinische Hilfe benötigte:

Geiler Staubsauger

Eng verbunden mit seinem Lustobjekt wurde ein Mann aus

Borgstedt bei Hamburg von seinem Vater in ein Krankenhaus eingeliefert. Er hatte versucht, sich mit einem Staubsauger zu befriedigen, hatte sich aber sofort mit seinem Organ darin verklemmt. Die Ärzte konnten ihm relativ schnell und ohne größere Folgen helfen.

Dieser autoerotische Fall soll schon häufiger vorgekommen sein. Er befände sich nicht in diesem Kapitel, hätte die Sache nicht noch ein Nachspiel gehabt:

Obwohl er soeben die Folgen dieses Tuns beobachtet hatte, wurde der Vater des eben genannten Patienten kurz darauf ebenfalls in dasselbe Krankenhaus gebracht – in derselben mißlichen Lage. Die Idee habe ihn derart fasziniert, daß er es unbedingt habe ausprobieren müssen ...

(Internet)

Zwar legte der folgende Herr nicht unmittelbar Hand an, doch brachte ihn sexuelles Interesse in eine mißliche Lage:

Fenstergucker fiel vom Dach

Bei dem Versuch, einer Bekannten beim Duschen zuzusehen, fiel ein 32jähriger Mann aus Stammheim am Sonntagmorgen vom Dach. Nach gemeinsam mit der jungen Frau und zwei Freunden durchzechter Nacht wollte es der Mann genau wissen und kletterte in 15 Metern Höhe über einen Balkon auf ein schräges Dachsims vor dem Badezimmer. Dabei rutschte er jedoch aus und stürzte in die Tiefe – fiel jedoch nach etwa drei Metern auf den Balkon einer Wohnung im zweiten Stock und blieb dort leicht verletzt liegen.

(Kölner Stadtanzeiger)

Wieviel er gesehen hat und ob der Anblick seinen Absturz ver-

ursacht hat, bleibt unbekannt. Genug gesehen und gehört hatte die nachstehende Lady:

Dreister Verehrer

Die englische Gymnastiklehrerin Lisa Grayson, 21, nahm eine Stelle in den Vereinigten Staaten an, um ihrem dreisten Verehrer Robert Wall, 35, zu entkommen. Der hatte sie sechs Jahre lang verfolgt, ihr 5 916 Briefe geschrieben und exakt 509 Lieder für sie komponiert. Klar, daß er ihr mehrfach die Ehe angetragen hatte. Vor Gericht stritt Wall ab, von der Dame besessen zu sein. »Ich gebe zu, ich habe die Lieder komponiert. Aber was wollen Sie? Die sind doch gut ...!«

(News Of The Weird)

Hin und wieder stehen Katastrophen am Anfang einer Liebe. Meist jedoch finden sie sich an deren Ende ...

Mit schwerem Geschütz I

Mit einem besonderen Kaliber beendete ein Russe seine Ehe: Er bedrohte seine Gattin mit einem tragbaren Raketenwerfer. Obwohl die Waffe nicht geladen war, verschwand die Dame, die ihren Mann durch ihr Gequengel bis aufs Blut gereizt hatte.

(interfax)

Mit schwerem Geschütz II

Sarajevo – Ein gewisser Pero Toljij wollte einen Ehestreit mit der Panzerfaust lösen, die er gerade zur Hand hatte. Er schoß auf seine Frau, die zum Haus des Nachbarn flüchtete, verfehlte sie aber und traf die eigene Hütte. Totalschaden. Kein Problem für Pero: Der sitzt jetzt ohnehin anderenorts.

(News Of The Weird)

Doch Frauen sind nicht immer nur hilflose Opfer. Sie wissen sich zu wehren, wie die folgende drastische Kurzmeldung belegt:

Wildes Weib

Spokane – Vergewaltigung und Überfall im Wiederholungsfall wird der 36jährigen Theresa Spickler-Bowe vorgeworfen. Ihr drohen 30 Jahre Gefängnis. Sie hatte einen 42 Jahre alten Mann zwischen September 1996 und Januar 1997 mehrfach angekettet, geschlagen, mit Brandwunden gequält und vergewaltigt.

(AP)

Anderenorts wird über eine 18jährige junge Frau berichtet, die ihrem Freund des Penis abgeschnitten haben soll, nachdem er sie unter Alkoholeinfluß geschlagen hatte. Die folgende Dame dagegen geht in der passiv-leidenden Frauenrolle auf – und erreicht eine ins Wahnsinnige reichende Duldsamkeit ...

Vergeben und vergessen

Perth, Australien – Michael Keith Withers, ein Berufstänzer, wurde des versuchten Mordes für schuldig befunden: Er hatte 1994 seine Ehefrau und Tanzpartnerin Stacey Larson mit Benzin übergossen und angezündet. 70 Prozent ihrer Haut wiesen Brandverletzungen auf. Das Benzin hatte Withers für den Betrieb eines Rasenmähers der Marke Whipper Snapper beschafft, den er von einem Nachbarn geliehen hatte.
Stacey Larson sagte aus, daß sie Withers seit der Tat nicht mehr gesehen habe, gestand aber im Kreuzverhör ein, daß sie seither bereits 15mal mit Withers geschlafen habe. Ein Zeuge berichtete, Frau Larson habe ihm ein Jahr nach der Tat einen Rasenmäher der Marke Whipper Snapper geschenkt ...

(News Of The Weird)

Weniger tolerant war eine Ehefrau aus dem Rheinland. Sie wollte bereits den geringsten Anfängen wehren:

Hilfe, Räuber!

Linz – Weil ihr Ehemann ihr die Bettdecke weggezogen hatte, rief eine Ehefrau aus Linz am späten Abend die Polizei. Die Beamten wußten nicht recht, wie das Delikt einzuordnen war (Deckenhinterziehung?) und zog unverrichteter Dinge wieder ab. Bereits am Nachmittag desselben Tages hatten die Beamten einen Streit zwischen dem Ehepaar zu schlichten versucht.

(Express, Köln)

Tödlich ging der folgende Fall aus: Es handelte sich hier sozusagen um das klassische Dreieck der Eifersucht:

Dumm und dreist = tot

El Mahalla, Ägypten – Nachdem ihn der Ehemann seiner Geliebten am Nachmittag nackt (der Geliebte) und zu allem entschlossen (der Ehemann) durch die Straßen gehetzt hatte, trieb es der Lover zu toll: Schamlos klopfte er abends an der Tür des Ehepaares und forderte dreist seine Hosen zurück. Der Ehemann sah rot und erstach ihn mit einem Messer.

(Bild)

Eine deutlich überzogene Reaktion zeigt jener Herr, der das ganze Trara mit Liebe, Sex und Ehe wohl restlos über hatte:

Konsequent allein

Angestellte einer Wohlfahrtsorganisation fanden einen 50jährigen Mann in einer Höhle in der Provinz Isfahan. Er lebte dort seit 30 Jahren – seit seine Frau ihn aus dem Haus geworfen hatte.

(News Of The Weird)

GELD ODER LEBEN!

Kriminelle Blödsinnigkeit

Einbrecher stahlen kürzlich ein Objekt aus einem britischen Laboratorium: ein menschliches Gehirn. Fehlte ihnen etwas? Die meisten Menschen sind in dieser Hinsicht genügsam. Manchmal ist es erstaunlich, wie wenig Intelligenz ein Mensch zum Überleben braucht. Besonders im Milieu der Kleinkriminalität gibt es Vertreter dieser Spezies. So die beiden Unholde, die in Kalifornien während eines Barbecue einen Grill stehlen wollten – und sich mächtig die Finger verbrannten. Hierbei bewundern wir nicht nur den Mut, mit dem die Täter trotz ihrer geringen geistigen Mittel ein Vorhaben angehen, sondern auch die schöne Konsequenz, mit der sie ihre Taten trotz des chaotischen Verlaufs gegen jeden gesunden Menschenverstand zu Ende bringen. So der Täter, der in Fort Worth, Texas, geduldig in der Schlange an der Kasse gewartet hatte – mit einer Skimaske über dem Gesicht ...

Wie haben die uns nur gefunden?

Kentucky – Zwei Männer versuchten einen Bargeldautomaten auszurauben, indem sie dessen Vorderfront mit einer Kette an der Stoßstange ihres Pickups befestigten. Ihr Vorhaben, die Vorderfront von der Maschine zu reißen, mißlang jedoch – die Stoßstange gab nach und riß ab. Die Täter gaben auf und fuhren nach Hause. Am Tatort ließen sie zurück: einen ramponierten Geldautomaten, eine daran befestigte

Kette, an der wiederum eine Stoßstange hing, die ein Nummernschild trug ...

(Internet)

Was habe ich denn falsch gemacht?

Siegen – Ein Autodieb im Siegerland wurde kurz nach der Tat von der Autobahnpolizei ergriffen. Alles hatte seine Richtigkeit mit dem gestohlenen Wagen. Sogar zwei Original-Nummernschilder hatte der Wagen – aber leider zwei unterschiedliche. Hinten Olpe, vorne Siegen, damit bleibst du niemals liegen?

(Express, Köln)

Macht Rauschgift dumm?

South Carolina – Zwei Männer beschwerten sich in einer Polizeistation über die minderwertige Qualität des Kokains, das sie soeben gekauft hatten, und baten darum, den Dealer wegen Betrugs zu verhaften ...

(Internet)

Macht Salbeitee schlauer?

Nein, keineswegs. Denn die Kunden zweier Dealer in Köln wurden mehrfach mit Salbeitee statt Marihuana versorgt. Und obwohl der Tee kein Dope war, wurden die beiden Schurken verhaftet. Wegen Betrugs?

(Express, Köln)

Oft wird ein perfektes Verbrechen minutiös geplant. Alles gelingt hervorragend, doch dann scheitert das ganze kriminelle Projekt an einem winzigen Detail ...

In der Eile ...

Indiana – Den gesamten Inhalt der Registrierkasse nahm ein

Täter in einem Supermarkt mit. Er hinterließ auf der Theke: seine Brieftasche mit Geld und Papieren ...

Blindflug

New Mexico – Als ein Räuber sich im Drugstore einer Kleinstadt, den Revolver in der einen Hand, mit der anderen die Strumpfmaske überzog, um mit dem Überfall zu beginnen, schaltete er sich so selber aus: Er hatte vergessen, Löcher hineinzuschneiden ...

Wie überall im Leben: Eine gewisse Sachkenntnis und Allgemeinbildung kann bei der Ausführung eines Verbrechens von entscheidender Bedeutung sein ...

Gangster mit Handikap

England – Ein deutscher Tourist fiel am Zoll auf, weil er zwar einen Golfsack trug, aber nicht wußte, was ein Handikap ist. Der Golfsack enthielt dementsprechend eine gute Portion Drogen ...

In Zeiten multimedialer Weltsicht setzen auch kriminelle immer mehr auf audiovisuelle Medien. Allerdings ergeben sich manchmal Probleme bei der Beschaffung der nötigen Ausrüstung ...

Video I: Das Video zum Raub

Ausgerechnet die Videokamera wollte ein Einbrecher stehlen, der sich Zugang zu einer amerikanischen Bank verschafft hatte. Der gesamte Vorgang des Diebstahls wurde aufgezeichnet – auf einem Recorder in einem anderen Raum ...

...oder durch deren unorthodoxen Einsatz:

Video II: Beweise mitgeliefert

Chandler, Arizona – Eine Art Werbevideo beschlagnahmte die Polizei bei einigen jugendlichen Bandenmitgliedern der »Insane Skate Posse«. Es sollte neue Mitglieder anlocken und zeigte die Mitglieder der Gang beim Marihuanarauchen, Biertrinken, als anonyme Anrufer und bei der Zerstörung eines Autos ...

(News Of The Weird)

Ähnlich vom Dokumentationstrieb befallen war das folgende Gangsterpaar:

Buchhalter oder Bankräuber?

Seattle – FBI-Agenten nahmen einen gewissen Johnny Madison Williams Jr. und seine Frau Carolyn wegen Bankraub und Verstößen gegen die Waffengesetze fest. Zu ihrer Überraschung fanden die Beamten ein Logbuch des Verbrechens bei den Tätern: Jeder Bankraub war genauestens dokumentiert: Adresse mit Bundesstaat (!), Datum, Beute und Gesamtsumme der geraubten Dollars. Das Ehepaar Williams hatte in den letzten acht Jahren 56 Banküberfälle mit Gesamteinnahmen in Höhe von fast 900 000 Dollar vermerkt. Zwischen den Taten führten sie im sonnigen Kalifornien ein bürgerliches Leben.

(News Of The Weird)

Nur zu häufig sind Straftäter gespaltene Persönlichkeiten – hier die guten, dort die bösen Wesenszüge. Manchmal liegen diese Facetten der Person gefährlich nah beieinander, und die falsche Motivation gewinnt plötzlich überhand:

Wie man es nicht macht ...

Mit vollem Namen beantragen manche Bankräuber in den

USA einen Kredit oder ein Konto, bevor sie kurz darauf als Räuber wieder in der Bank erscheinen. So geschehen in Virginia Beach, Virginia, und in Springfield, Montana.

(News Of The Weird)

In anderen Fällen ist die Spaltung so tief, daß die eine Seite nicht weiß, was die andere tut ...

Wer war es denn nun?

Verwundert waren Beamte, als sie Kristin Deane Pearsall, 29, in dem Fluchtauto festnahmen, das beim Raub in der Seattle First National Bank in Vancouver, Washington, benutzt worden war. Der Täter hatte nach Zeugenaussagen mit einer tiefen, männlichen Stimme gesprochen. Des Rätsels Lösung: Frau Pearsall gab zu, den Bankraub begangen zu haben, aber als John, eine ihrer fünf Identitäten ...

(News Of The Weird)

Der Raub der Kronjuwelen, der Einbruch in Fort Knox – für manchen Täter wird sein Verbrechen zur sinngebenden Herausforderung. Doch ist es besser, seine eigenen Möglichkeiten richtig einzuschätzen. Das folgende Verbrecherteam hat sich bereits auf recht niedrigen Level übernommen:

Zu schwer für schwere Jungs ...

Eine Tiefkühltruhe brauchten zwei schwere Jungs aus den Südstaaten, und sie machten sich alle Mühe, eine zu bekommen. Sie brachen Türen auf, stemmten Wände ein und konnten schließlich das gewünschte Teil auf ihren Pickup laden. Doch als sie es abtransportieren wollten, blieb ihr Kleinlaster im Schlamm stecken. Was tun? Die Truhe abladen und – ins Haus zurückbringen! Als die Täter zum Fahrzeug zurückkamen, bemerkten sie, daß sie sich ausgesperrt hatten. Der

Motor lief, denn der Zündschlüssel stak innen, aber beide Türen des Wagens waren verriegelt. Und: Die Nachbarn hatten bereits die Polizei gerufen.

(Internet)

Mit gezückter Ratte: seltsame Waffen

Nicht nur Revolver, Pistolen und andere Schußwaffen können Werkzeug des Verbrechens sein. So manches Mal schlägt das Böse sozusagen mit Klauen und Zähnen zu – und mit noch eigenartigerer Bewaffnung ...

Edinburgh – Mit einer Ratte als Waffe versuchte der 18jährige James Bryce einen Schnapsladen auszurauben. Er bedrohte eine Angestellte des Ladens mit dem Nagetier. Als diese sich unbeeindruckt zeigte und zum Telefon griff, suchte der Räuber das Weite. Derzeit sitzt er seine 18monatige Haftstrafe ab – ohne Ratte.

(Truenews)

Clarenville, Neufundland – Mit zwei Mäusen attackierte ein Mädchen ihren Freund. Sie setzte die Tiere auf den Tisch des Hauses, obwohl (weil?) sie die panische Angst ihres Lebensgefährten vor den Nagern kannte, und hinterließ ihm sogar Mäuschen im Bett, als sie ihren Gespielen endgültig verließ ...

Columbia, Montana – Ein gewisser Eric O. Criss versuchte einen Überfall mit einem Schraubenschlüssel – und scheiterte kläglich ...

Calgary, Alberta – Die Bank Of Scotia wurde ausgeraubt. Tatwaffe: eine Flasche Haushaltsreiniger ...

Kristianstad, Schweden – Mit einer Schlange als Waffe raubte ein Mann in Schweden Gegenstände aus zwei Läden. Er bedrohte die Verkäuferinnen nicht einmal verbal; sie rannten nach Auskunft eines Polizeisprechers schon weg, als sie die Schlange sahen ...

Nicht nur die unbelebte Welt und die Fauna können Tatwaffen liefern – auch die Flora hat etwas zu bieten ...

Guelph, Ontario – Mit einem etwa meterlangen Ast bedrohte ein Täter den Inhaber eines Gemischtwarenladens – und raubte ihn erfolgreich aus.

(News Of The Weird)

Aggressiver Vegetarier war wohl der folgende Täter, bei dem die Law-and-order-Fraktion innerhalb der amerikanischen Justiz voll zugeschlagen hat:

Eigentlich wollte Carlos Diaz, so sein Verteidiger, nur Gemüse einkaufen. Doch dann ging seine kriminelle Energie mit ihm durch. Bewaffnet mit einer Zucchini beraubte er einen Mann um 20 Dollar und seine Uhr. Es ist unbekannt, ob er die Tatwaffe nach dem Verbrechen verspeist hat. Sein Richter fand die rein pflanzliche Bedrohung keineswegs lustig: Carlos Diaz muß 18 Jahre brummen – bei Wasser und Brot.

Die sorgfältige Wahl der Waffe kann entscheidende Bedeutung haben:

Mit einer uralt aussehenden Waffe des Kalibers 45, die er

auf dem Schwarzmarkt gekauft hatte, erbeutete der Kanadier Danny Simson bei einem Bankraub 4 000 Dollar. Doch er wurde gefaßt und sitzt nun im Gefängnis. Erst dort erfuhr er, daß die Waffe, mit der er sein Verbrechen begangen hatte, ein gesuchtes Sammlerstück im Wert von gut 50 000 Dollar war. Er hätte völlig legal ein Vermögen gemacht, wenn er sie an einen Sammler verkauft hätte ... Deshalb: Erst grübeln, dann dübeln!

(Truenews)

Manches Verbrechen ist eiskalt geplant – dieses wurde ebenso ausgeführt. Mit einem recht überraschenden Ergebnis ...

Eiskalt erwischt

Auf unerwartet kreative Weise schaltete sich eine Ladendiebin in Lausanne bei dem Versuch, ein tiefgekühltes Hähnchen zu stehlen, selbst aus. Sie hatte sich den glashart gefrorenen Vogel in den Büstenhalter gesteckt – und war kurz darauf ohnmächtig geworden. Eine Helferin, die der Ohnmächtigen Luft verschaffen wollte, entdeckte das eiskalte Geheimnis ...

Kriminelle leben gefährlich. Meist greifen die Ordnungshüter schnell und effektiv ein. In diesem Falle allerdings ...

Polizei zu spät am Tatort

Trotz aller Eile kam die Polizei in der Nähe von Tel Aviv zu spät, als ein Leichenfund gemeldet wurde. Ein Messer stak in der Brust eines Skeletts – seit 3 700 Jahren. Der Mord muß nach Angaben eines Polizeisprechers in der mittleren Bronzezeit geschehen sein ...

(Truenews)

Bei aller krimineller Energie sollten aber auch Gauner nicht vergessen, mitmenschliche Milde walten zu lassen ...

Beste Manieren

Zwar waren sie Bankräuber, aber keineswegs unhöflich. Sie verabschiedeten sich mit Handschlag und unter Danksagungen und Entschuldigungen. Das gestohlene Geld würde ihnen wirklich helfen, versicherten die maskierten Täter, und es täte ihnen wirklich leid, die Bankangestellten einschließen zu müssen. Beute der höflichen Kriminellen aus Italien: mehrere Milliarden Lire.

(Reuter)

Was man tut, sollte man richtig machen. Schlamperei bleibt – ehrlich oder kriminell – für alle Seiten unbefriedigend ...

Schlecht vorbereitet

Schlüchtern – Nicht nur, daß sie sich vom Filialleiter der Bank überwältigen ließen – als die Polizei den vor der Bank geparkten Fluchtwagen der Täter beiseitefahren wollte, stellte sich heraus, daß der Motor nicht ansprang. Untersuchungen des maroden Golfs ergaben, daß 1) der Motor defekt und 2) der Tank nahezu leer waren.

(Express/Köln)

Alltägliche Routine kann ermüdend wirken. Ein kreativer Kick gibt auch illegalem Tun deutliche Würze und sichert zudem Medieninteresse ...

Gesicht: bunt gestreift

Fort Myers, Florida – Nicht eben alltäglich war die Verkleidung eines Bankräubers in Florida: Er trug einen Wasserball auf seinem Kopf, in den er Augenlöcher geschnitten hatte.

Über die Hände hatte er sich Plastikbeutel gezogen, um keine Fingerabdrücke zu hinterlassen. Er entkam mit einer unbekannten Summe baren Geldes.

Eine andere kreative Verkleidung sollte die Untaten dieses Täters decken:

Mamas Liebling

London – Der 19jährige Täter einer Serie von fünf Tankstellenüberfällen zeichnete sich durch eine irre Verkleidung aus – nämlich keine. Eine Strumpfhose seiner Mutter verdeckte sein Gesicht – sonst war er splitterfasernackt. »Ich wollte nicht durch meine Kleider identifiziert werden!« erklärte er später. Seine Kalkulation ging nicht auf: Besonders einige Zeuginnen konnten den Täter anhand körperlicher Merkmale wiedererkennen ...

(Internet/Strange News)

Viele Täter planen und handeln allein, um nicht den Erfolg durch unnötige Tatzeugen zu gefährden. Die beiden untenstehenden Einbrecher arbeiteten eindeutig zu allein ...

Verklemmter Einbrecher I

Westfrankreich – Über einen einzelnen Schuh vor dem Kamin des Ferienhauses hatte sich ein Ehepaar bei seinem letzten Aufenthalt gewundert. Als sie später erneut kamen, bemerkten sie einen penetranten Geruch aus dem Kamin. Der Schornsteinfeger konnte nicht helfen – wohl aber der Leichenbestatter: Ein Einbrecher war im Kamin des einsamen Hauses steckengeblieben und dort gestorben.

(Bild)

Verklemmter Einbrecher II

Blytheville, Arkansas – Von einem Geräusch im Kamin erwachte Mrs. Riggs, eine Hausfrau aus Blytheville. Ein Einbrecher war im Schlot steckengeblieben und schwebte nun kurz über der Feuerstelle. Der herbeigerufene Ehemann holte sofort die Polizei, doch die konnte den Einbrecher nicht gleich festnehmen. Schließlich mußte sie den 21jährigen Charlie Boyd zuerst aus seiner mißlichen Lage befreien ...

(AP)

Wie ein Entdecker auf Neuland muß auch ein Einbrecher auf alles gefaßt sein – für viele ein Problem, bei dem sie steckenbleiben ...

Sticky Fingers

Beim Einbruch ins »Paradies«, nämlich in eine Klebstoff-Fabrik, brachte sich ein Sniffer (Leimschnüffler) in eine lästige Lage: Als er am Samstag in die Produktionsräume einstieg, nahm er sofort eine volle Nase und verlor die Kontrolle über seinen Bewegungsapparat. Er stürzte, stieß einen Behälter mit Klebstoff um und klebte sich selbst so ungünstig am Boden fest, daß er dort bis zum frühen Montagmorgen bleiben mußte. Er mußte mit einer Kettensäge freigeschnitten werden und büßte dennoch – in der Klinik – große Teile seiner Rückenhaut ein. Sein Kommentar: »Das hat sich gelohnt. Euer Leim ist meine Lieblingssorte!«

(Internet)

Es kommt auf das Augenmaß an, wenn kriminelle Energie eingesetzt wird. »Lohnt der Erfolg den Aufwand?« muß der Täter sich fragen, besonders, wenn Prominenz im Spiel ist ...

Auf fremde Kosten

Americus, Georgia – Ein gewisser Michael Robinson machte sich durch Einkäufe per Kreditkarten-Nummer strafbar, und zwar kaufte er CDs im Wert von etwa 45 Dollar. Das wäre vermutlich dem FBI nicht weiter aufgefallen, hätte der Täter nicht ausgerechnet die Kreditkarten-Nummer des früheren US-Präsidenten Jimmy Carter benutzt. Robinson hatte sie sich gemerkt, als er während eines Jobs als Kellner mit dem Expräsidenten zu tun hatte. Nun drohen ihm drei Jahre Haft – keineswegs im Weißen Haus.

Hin und wieder schießen junge Täter weit über das eigentliche Ziel hinaus ...

Transportbedarf

Paris – Gleich einen ganzen Bus stahl ein 17jähriger, um nach Hause zu kommen. Die Polizei meinte, der Teenager wirkte etwas »derangiert«.

(Reuter)

Ein kleineres Verkehrsmittel hätte es auch getan, und vielleicht wäre der Verlust nicht so aufgefallen. Überhaupt stellt es eine beachtliche Gefährdung dar, unentbehrliche große Dinge zu stehlen:

Lebensgefährlicher Schrott

Mit Schraubenschlüsseln zerlegten zwei jugendliche Täter einen Strommast, um dessen Teile als Aluminiumschrott zu verkaufen. In Unkenntnis der statischen Verhältnisse schraubten sie zu viel ab: Der Mast knickte zusammen und erschlug einen der Diebe. Der zweite konnte sich aus eigener Kraft befreien: Er grub sich förmlich unter dem 50 Meter hohen und fünf Tonnen schweren Mast frei. Für Nachahmungstäter: Der Kilopreis für Aluminium liegt um die 4 DM.

(AP)

In etlichen Fällen krimineller Katastrophen tritt mit der Zeit eine unwillkürliche Eskalation ein ...

Umschichtung

Oscala – Inspiriert durch einen Spielfilm raubten zwei Frauen in einem Laden über 500 Dollar – um damit ihre Rechtsanwaltskosten zu begleichen, die in einem Verfahren wegen Scheckbetrug entstanden waren. Bleibt zu hoffen, daß die Damen das Geld für den kommenden Prozeß wegen Raub nicht aus einem Raubmord bestreiten ...

(Internet)

Ähnlich intelligent ging folgender reumütiger Täter vor:

Einen an der Meise?

Texas – 9 600 Dollar Schadensersatz an das Opfer sollte ein Täter (Überfall) zahlen – so sein Handel mit dem Richter, der dafür auf eine Haftstrafe verzichtete. Eine Regelung zur Zufriedenheit aller? Der Täter zahlte – mit einem ungedeckten Scheck. Resultat: zehn Jahre Haft.

Nicht immer geschehen Vergehen gegen das Eigentum auch aus Eigennutz. Mit sozialen Ambitionen handelten folgende Retter der Menschheit:

Auf Robin Hoods Spuren

Las Vegas, Nevada – 100-Dollar-Noten verschenkte ein Mann an Passanten und wünschte ihnen einen schönen Tag. Die fanden das nett. Weniger die örtliche Polizei, denn das

Geld stammte aus einem Bankraub. Er hatte kurz zuvor eine Filiale der Bank Of Amerika erleichtert ...

1989 soll es einen ähnlichen Fall in Dallas gegeben haben, allerdings besser inszeniert und mit exotischer Komponente:

Affe verteilt Dollars

Ein Mann in einem Affenkostüm verteilte mehr als 6000 Dollar an Passanten, und zwar immer eine 50-Dollar-Note pro Person. Er blieb unerkannt, aber er soll unter seiner Maske gemurmelt haben: »Mann, was macht das für einen Spaß!«

(Strange News)

Jeden Beruf hätte der folgende Täter ergreifen können, zumal er zu einigen (Anstreicher, Straßenlaterne) hervorragende körperliche Voraussetzungen mitbrachte. Was aber wurde dieser Trottel? Ladendieb!

Wie ein bunter Hund ...

Michael Coulter, 32, wurde in Cookstown, Irland, wegen Ladendiebstahls verhaftet. Er hatte Schuhe, Socken und Boxershorts gestohlen. Während seiner Flucht war es ein leichtes, ihn zu verfolgen: Michael Coulter ist mit über 2,30 Meter der größte Mann Irlands.

(News Of The Weird)

Zum Abschluß ein Hinweis darauf, daß nicht nur die Kriminellen die Dummheit für sich gepachtet haben. Auch die Strafverfolger haben manches Mal ganz schön einen an der Waffel ...

Das Auge des Gesetzes schläft

Arkansas – Eine regelmäßige Lieferung Aufputschmittel ging an eine Gefangene des Yell County Jail in Dardanelle – und zwar via Federal Express. Erst nach Wochen wurden die Beamten des Gefängnisses stutzig und veranlaßten eine Durchsuchung der Lieferung.

(News Of The Weird)

BEI MEINER EHRE!

Katastrophen vor Gericht

Vor Gericht werden verzwickte Probleme und Konflikte geklärt, meinen Sie? Juristisch geschulte Personen entwirren verwickelte Streitfälle und verhelfen der Gerechtigkeit zum Sieg? Irrtum – es entstehen immer neue, haarsträubendere Katastrophen ...

Streit um Eierpreise

Brüssel, Belgien – Was ist ein menschlicher Hoden wert? Darüber hatten Experten in einem Rechtsfall zu entscheiden. Der Mann hatte das ihm wichtige Organ in einer Schlägerei verloren und forderte nun eine Million Belgische Franc Schadensersatz (ca. 50 000 DM). Das Urteil steht noch aus.

Tief in seiner Ehre verletzt war der Mann, der bei einer äußerst delikaten Verrichtung gestört worden war ...

Mißglückte Sitzung

New York – 12 Millionen Dollar forderte ein New Yorker Geschäftsmann von der Air France, weil ihm auf einem Flug eine überaus demütigende und beleidigende Behandlung widerfuhr: Mitglieder der Crew hatten die Toilettentür eingeschlagen und den Mann mit heruntergelassener Hose vom Topf und durch die vollbesetzte Passagierkabine gezerrt. Zudem hatten sie ihn beschimpft und beschuldigt, er habe auf der Toilette geraucht. Ursache des Vorfalls, der die Airline teuer zu stehen kommen kann: ein defekter Rauchmelder ...

(Reuter)

Ein eigentlich schon ausgestorbenes Tier verursachte folgenden Streitfall:

Schaden durch Dinosaurier

San Bernardino, Kalifornien – Abgelenkt durch das Maskottchen des Rancho Cucamonga Quakes Baseball Teams, wurde ein Zuschauer namens John Lowe von einem fehlgeleiteten Ball im Gesicht getroffen. Der Schwanz des von einem Darsteller im Plüschkostüm wiederbelebten Dinosauriers hatte ihn berührt und so irritiert, daß er dem Ball nicht mehr rechtzeitig ausweichen konnte. Lowe erlitt mehrere Knochenbrüche und klagt auf Schadensersatz.

Für politisch-juristische Feinspitze ist folgende Meldung:

Effektive Maßnahme

Saudi-Arabien – 9 700 Bettler wurden festgenommen, damit sie einen offiziellen Festtag nicht stören konnten und auch keine unnötigen Prozesse wegen Verletzung der öffentlichen Ordnung verursachen konnten: Gefeiert wurde der Jahrestag der erfolgreichen Anti-Bettler-Kampagne ...

Vielversprechend und nachahmenswert erscheint die folgende Klage, zumal im Siegesfall viel Geld für Bier hereinkommt – in den USA!

Teures Bier

Santa Rosa, Kalifornien – 475 000 Dollar erhielt eine gewisse Annette Blenker für körperliche Schäden. Ihr war ein Six-pack Bier auf den Fuß gefallen. Sie hatte ursprünglich auf 2,5 Millionen Dollar Schadensersatz geklagt.

(AP)

Auch in Großbritannien kann man es versuchen:

Gefährliche Sonderangebote?

London – Die Supermarktkette Tesco verklagte ein verärgerter Kunde, der sich durch das Tragen von allzu viel Waren den Rücken verhoben hatte. Die Sonderangebote seien geradezu strafbar günstig gewesen und er hätte ihnen nicht widerstehen können. Der Mann namens Dave Feuerstein hatte über 300 Coupons gesammelt und sie innerhalb dreier Tage gegen Waren eingetauscht. »Ohne diese Sonderangebote hätte ich mich nie so verletzt!«

(The Sun)

Sogar unter dem Auge Gottes kann das Verderben zuschlagen – die Strafe für verwerfliches Treiben?

Schadensersatz?

Milwaukee – Gegen die St. Florian Catholic Church klagte eine Frau, der 1990 bei einem Bingospiel in der Kirche ein seltsamer Unfall passierte: Das elektronische Anzeige-Board, das die gefallenen Zahlen kundtat, brach über ihr zusammen. Seither leidet sie an einer ganzen Anzahl seltsamer Gebrechen, für deren Heilung sie schon 50 Ärzte besucht und 84 000 Dollar an Honoraren ausgegeben haben will. Die Leiden sind sowohl körperlicher wie seelischer Art: Besonders lästig findet die 72jährige Dame spontane und multiple Orgasmen mehrfach am Tag (!) und eine unwiderstehliche Attraktivität für Frauen ...

(Internet/The Flummery Digest)

Bei allen Vorzügen der modernen Justiz – auch heute kommt es vor Gericht zur Diskriminierung von Minderheiten ...

Prinz Mongo

In vollem Ornat betrat ein Mann einen Gerichtssaal in Memphis, Tennessee. Er sei vom Planeten Zambodia und hieße Prinz Mongo, versicherte der Angeklagte. Seine Bekleidung: Knochen, grüne Körperfarbe, eine Motorradbrille. Der Richter glaubte ihm nicht recht und verurteilte ihn zu zehn Tagen – wegen Mißachtung des Gerichts.

(Strange News)

... und manche umstrittene Entscheidung kann sich im Laufe der Zeit zur Katastrophe ausweiten:

Zweifelhafte Strafe

Ohio – Richter Albert Mestemaker verurteilte einen Mann, der seine Lebensgefährtin geschlagen hatte – zur Ehe mit seinem Opfer. »Ich glaube an den Wert der Familie!« sagte der Jurist. »Vielleicht bringt ihn die Ehe zum Nachdenken ...«

Dem Himmel sei Dank – mancher Justizirrtum wird später revidiert:

Bombensicheres Alibi

Nach fünf Jahren Haft wurde einem gewissen Elifonso Lopez, 39, ein neues Gerichtsverfahren zugestanden. Der wegen Vergewaltigung verurteilte Mann hatte mit bemerkenswerter Impertinenz auf seiner Unschuld bestanden. Nachforschungen in den Polizeiakten ergaben schließlich, daß er zum Tatzeitpunkt auf Nummer Sicher war: Lopez saß im örtlichen Knast – wegen Fahrens unter Alkohol ...

(The Brownsville Herald/Texas)

BUMM!

Unbedarftheit mit Sprengstoffen

Sprengstoff wirkt besonders faszinierend auf das einfache Gemüt: sieht so harmlos aus und macht so schön Bumm! Und wenn man nichts zum Knallen hat, kann man es selber machen und nette Geschenke daraus basteln ...

Bomben aus dem Kinderzimmer

Mit selbstgebastelten Bomben heizte ein 17jähriger Lehrling den Bürgern der rheinischen Kleinstadt Kerpen ein. Mit einer Stolperschnur aus Nylon verbunden, brachte der Täter die Rohrbomben an Gehwegen an, wo sie von nichtsahnenden Passanten gezündet wurden. Wie durch ein Wunder nahm niemand ernsthaften Schaden. Der Täter, der ein umfassendes Geständnis ablegte, gab an, aus »Bastelleidenschaft« gehandelt zu haben. Er wurde wegen »Herbeiführung einer Sprengstoffexplosion mit Inkaufnahme von Körperverletzungen« angeklagt.

(Kölner Stadtanzeiger)

Bastelleidenschaft, Neugier, Forscherdrang – aus diesen Eigenschaften wird der Fortschritt gemacht. Gleichwohl bringt Fortschritt immer Risiko mit sich:

Härtetest

Unbedingt wissen wollten es drei Schüler aus Peine: Funktioniert die selbstgebaute Bombe auch wirklich? Sie schlugen so lange mit Hämmern auf die Rohrbombe ein, bis sie funktionierte. Ob die drei im Krankenhaus an den Bau neuer Sprengkörper dachten, wurde nicht berichtet.

(Express, Köln)

Große Entdeckungen werden etlichemal zufällig gemacht. Da sammeln sich Kräfte, brechen Energien hervor – an den ungewöhnlichsten Orten. Nur mit der Nutzanwendung hapert es meist. Wie zum Beispiel soll folgendes Phänomen genutzt werden?

Mit Knalleffekt

Los Angeles – Eine merkwürdige Art der Entsorgung nutzte eine Frau auf einer privaten Party: Sie warf eine Haarspraydose einfach ins Klo. Leidtragender dieser Umweltsünde war nicht der Planet Erde, sondern der nächste Toilettenbenutzer; die Dose ging nämlich hoch und schleuderte den Mann in die Badewanne. Warum die Dose hochging, weiß niemand zu sagen. Vielleicht herrschte auf der Fete einfach explosive Stimmung ...

NIEDLICH!

Ahnungslosigkeit mit Tieren

Zwischen Trauer und ungläubigem Staunen liegen unsere Gefühle, wenn wir beobachten, wie irrsinnig aufopferungsvoll Menschen um das Wohl ihrer tierischen Verwandten besorgt sind. Die frisch gebadete Katze in der Mikrowelle ist ein bereits allseits bekannter Klassiker des Genres und hat zu dem Aufkleber »NOT SUITABLE FOR DRYING PETS« auf jedem Radarwellenkocher in den USA geführt. Unwillentliche Zubereitungen von Katzen, Hamstern und Hunden, bis dato alltäglich, sind heute selten geworden. Auch folgende Katastrophen mit Tieren bleiben eher Unikate:

Sechs Tote bei dem Versuch, ein Küken zu retten

Ägypten – Sechs Menschen ertranken in Ägypten bei dem Versuch, ein Küken zu retten, das in einen etwa 20 Meter breiten Bewässerungsgraben gefallen war. Das erste Opfer war nach Auskunft der Polizei ein 18jähriger Bauernsohn, der in das Wasser des Grabens sprang und von einer Unterströmung hinabgezogen wurde. Seine Schwester und zwei Brüder, von denen keiner richtig schwimmen konnte, ertranken bei dem Versuch, ihn zu retten. Zwei ältere Bauern, die helfen wollten, gerieten ebenfalls in die Strömung und kamen ums Leben. Die Leichen wurden in dem Dorf Nazlat Imara, 360 Kilometer südlich von Kairo, aus dem Wasser gezogen. Ebenfalls herausgefischt wurde das Küken. Es hatte überlebt.

(AP)

Auch im folgenden Fall ging es den Menschen an den Kragen – das Huhn überlebte ...

Granaten im Hühnerstall

Peshawar, Pakistan – Mit Handgranaten und Raketenwerfern trugen zwei verfeindete Familien den Streit um ein entfleuchtes Huhn aus. Beide Familien meldeten Besitzrechte an und verteidigten sie bis aufs Blut. Vier Tote blieben auf der Strecke. Es ist unbekannt, welche Familie letztlich obsiegte. Dem Huhn war es egal.

... und ein weiteres Mal sorgt sich ein Mensch um dummes Geflügel:

Hausfreund oder Hühnersuppe

Brasilien – 500 Dollar Belohnung war einer Frau aus dem südamerikanischen Land ihr Küken Scratchy wert, das sie mit Zeitungsanzeigen suchte. Irene Azevedo sorgte sich sehr, daß ihr Lebensgefährte in einem Kochtopf gelandet sein könnte ...

(Reuter)

Der Mensch ist den meisten Tieren (abgesehen von Suppenhühnern und anderem Eßbaren) recht wohlgesonnen. Er findet sie niedlich und bewundert sie manchmal sogar. Eine Einstellung, die bei Tieren nicht anzutreffen ist, wie die untenstehenden Fälle zeigen ...

Finger futsch

Mit zu wenig Fingerspitzengefühl näherte sich im Zoo von Amsterdam eine Dame dem Schildkrötenkäfig. Eine riesige südamerikanische Schildkröte schnappte zu und biß der Lady die Fingerspitze ab. Da die Schildkröte, die sich sonst von Fisch und kleinen Säugetieren ernährt, den Finger für eine wertvolle Bereicherung ihres Speisezettels hielt, konnte sie nicht überredet werden, ihn zurückzugeben.

(Internet/Teheran Times)

Überhaupt scheinen Tierparks Menschen in ihrer Phantasie anzuregen und zu den wahnsinnigsten Aktionen zu verführen:

Bärenstarke Aktion

Vom Bären gebissen wurde ein Jugendlicher im sächsischen Bischofswerder, als er über einen Drahtzaun kletterte und dem Bären direkt durch das Gitter ein Stück Zucker reichte. Das Ding mit dem Bären passierte dem jungen Mann übrigens, weil er schon einen Affen hatte (wie man mancherorts einen Rausch nennt).

(Kölner Stadtanzeiger)

Mit derartigen Kinkerlitzchen wie Meister Petz wollten sich zwei junge Männer in Indien nicht zufriedengeben:

Gott der Zerstörung angebetet ...

Ein Girlande wollten zwei junge Männer aus Kalkutta einem ausgewachsenen männlichen Tiger als Neujahrsgruß um den Hals legen. Also stiegen sie kurzerhand in sein Gehege im Zoo von Kalkutta. Dabei störte es sie keineswegs, daß der Tiger den Namen Shiva trug, der Hindu-Gott der Zerstörung. Als der Tiger den ersten der beiden angriff, kam ihm sein Freund zu Hilfe – er trat dem Tiger gegen den Kopf. Sofort ließ der Tiger vom ersten Mann los und attackierte den zweiten – mit tödlichem Ausgang. Der erste konnte verletzt entkommen. Beide Männer waren Anhänger der Göttin Durga, der Gemahlin Shivas, und waren zu dem Tiger ins Gehege gestiegen, um ihn »anzubeten«.

(AP)

Wurde im obigen Fall der geistig unterbelichtete Mensch Opfer eines Tieres, so scheint es sich im folgenden um ein klassisches Ereignis doppelter Geistesverwirrung zu handeln:

Polizist erschießt Frau, weil sie eine Katze bedroht ...

Gresham, Oregon – Warum die Frau ihrer Katze ausgerechnet am Sonntag und im Lebensmittelladen ein Messer an die Kehle setzte, dürfte ungeklärt bleiben, denn die Dame kann nicht mehr auf Fragen antworten. Sie hatte den Laden nach Auskunft eines Polizeibeamten mit ihrer Siamkatze und einem Messer betreten und sich in einen Durchgang gesetzt. Angestellte des Ladens riegelten die Dame mit Einkaufswagen ab, schickten die Zuschauer fort und riefen die Polizei. Als die Frau sich weigerte, das Messer fallen zu lassen, und damit drohte, die Katze zu töten, schoß ein Polizist sie nieder. Die Katze kam nicht zu Schaden.

(Internet)

Haben wir es bei den Primaten mit unseren frühen Vorfahren zu tun? Es scheint so. Nein, es ist nicht die bei beiden Gattungen vorhandene Intelligenz, die uns verbindet. Eher schon die parallel existierende Dummheit ...

Affen unter Hochspannung

Nicht nur Menschen, auch Affen irren sich lebensgefährlich. So wollte ein Trupp Affen aus dem »Affentempel« in Kathmandu, Nepal, am 13. August 1996 nach einem Ausflug in die Zivilisation über einen Stacheldrahtzaun hinweg in den Dschungel zurückkehren. Sie erhielten den Schock ihres Lebens, denn ein Hochspannungskabel war gerissen und herabgefallen und hatte den Zaun unter Strom gesetzt. Statt aus den Erfahrungen ihrer Vorgänger zu lernen, machte ein Affe nach dem anderen die leidvolle Erfahrung – jeder für sich: Elektrizität tut weh. Wenn das nicht menschenähnlich ist ...

(Internet/Teheran Times)

Schmerzvolle Erfahrungen machte im folgenden Fall hingegen ein Mensch mit einem an sich harmlosen Tier. Doch ohne gewisse zerebrale Mängel wäre es wohl nicht so weit gekommen ...

Scharfe Zähne – oder verzörgerte Reizleitung?

Kanada – Steve Yellich, ein 71jähriger Trapper in British Columbia, saß vor seiner Blockhütte auf der Ladefläche seines Pickups, als er einen scharfen Schmerz im linken Bein fühlte. Als er an sich herabsah, bemerkte er einen Biber, der an seinem Bein nagte. Er tötete das Tier mit einem Hockeyschläger, den er wie eine Keule benutzte. »Ohne den Schläger hätte er mir das Bein abgebissen! Der hatte vielleicht Zähne ...« meinte Yellich.

Stellt sich die Frage, wer soviel Phlegma besitzt, daß ihn ein Biber wie einen Baum behandeln kann. Weniger um Phlegma als um fehlende Zielvorstellungen und Nutzanwendungen geht es im folgenden Fall:

Freie Sicht für Küken – weg mit der Schale!

Li Zandong, Professor an Pekings Landwirtschaftlicher Universität, gelang es kürzlich, ein Entenküken außerhalb der Schale auszubrüten. Ein solches Experiment war damit nach Auskunft der offiziellen Nachrichtenagentur Xinhua »zum ersten Mal in der Welt« gelungen. Jetzt forscht die ganze Universität nach einer Nutzanwendung für das neue Verfahren ...

Häufig leiden Tiere unter menschlicher Geistesschwäche. Im folgenden Falle profitieren Tiere kommunikativ von der Nachlässigkeit der Menschen:

Schweine telefonieren schnurlos

Iowa – Nicht schlecht erstaunt war Schweinefarmer Dave Rousselow, als er seinen Anrufbeantworter abhörte: Er vernahm Laute, die er nur zu gut kannte – grunzende und quiekende Schweine. Später fand Farmer Rousselow sein Handy im Schweinestall. Die Tiere hatten es geschafft, die Wahlwiederholungstaste zu betätigen, wo die heimische Nummer eingespeichert war. »Zum Glück«, meinte der Farmer erleichtert. »Man stelle sich vor, sie hätten mit Kollegen in Japan telefoniert!«

(Internet)

Was wieder einmal drastisch belegt, daß heute jede Sau ein Handy hat. Unterdessen sind die Stimmen auch unter uns Menschen recht häufig, die sich gegen Naturzerstörung wehren. Aber auch Tiere beziehen immer eindeutiger Stellung gegen ökologische Dummheiten:

Rache den Nestvernichtern!

Im Hastings District Hospital bei Sydney, Australien, kam es zu einem mehrere hundert Dollar teuren Protest eines Kookaburra-Vogels. Nachdem man seinen Nistbaum abgehackt hatte, griff der Vogel mehrfach das Spital im Tiefflug an und zerstörte etliche Fenster. Mehr noch: Er betätigte sich sogar als Maschinenstürmer und setze einen Fotokopierer mit spitzem Schnabel außer Funktion.

Feuerspeiendes Milchvieh

Ob die Milchkuh auf einem holländischen Bauernhof ihre

Verdauungsgase gezielt gegen die EU-Agrarbürokratie einsetzen wollte? Jedenfalls speicherte sie so viel des Gärungsgases Methan in ihrem Wanst, daß der Bauer den Tierarzt rief. Der prüfte – auf der Suche nach der richtigen Diagnose für Antjes Blähbauch – die aus dem Maul entweichenden Gase mittels eines brennenden Feuerzeugs ... Es entzündete sich eine veritable Stichflamme, womit weder der Arzt noch die verwunderte Kuh gerechnet hatten. Antje raste feuerspeiend durch den Stall, der in Flammen aufging. Schließlich lag der ganze Bauernhof in Schutt und Asche. Weitere Schockfolge: Antje gab fürderhin keine Milch mehr.

Gleich mehrere Tatbestände ungenügenden Einsatzes geistiger Kräfte spielen im folgenden Geschehen eine Rolle: nicht nur soziale Vernachlässigung, auch himmelschreiende, sich selbst um die materielle Existenz bringende Dummheit ...

Das verschwundene Kaninchen

Der englische Zauberer Chris Cox war schockiert, als er feststellte, woraus sein schmackhaftes Abendessen bestanden hatte: Er hatte soeben das Kaninchen Puschl verspeist, das er Abend für Abend auf der Bühne aus dem Hut zu ziehen pflegte. Seine Frau Christine hatte es schmackhaft in einer Marinade von Pflaumen, Tee, Schinkenstreifen und Rotwein zubereitet. »Christine ist eine gute Köchin und beherrscht ungewöhnliche Gerichte«, sagte Cox gegenüber der TIMES. »Ich ahnte zunächst nichts!« Die Köchin nahm für sich als mildernden Umstand in Anspruch, daß sie das Tier versehentlich getötet habe, gab aber zu, daß sie über die langen Abwesenheiten ihres Mannes während seiner Reisen verärgert war ...

Hier ein Fall menschlicher Dummheit, an der zunächst

scheinbar ein Tier beteiligt war, das dann aber doch die Hüllen fallen ließ und seine wahre Natur offenbarte:

G(ue)orilla-Taktik

Ein Agent des U.S. Fish And Wildlife Service nahm einen mexikanischen Zoodirektor fest, der illegalerweise einen Gorilla und einen Orang-Utan für eine Summe von 92 500 Dollar kaufen wollte. Der Agent war der Gorilla – verkleidet in einem Fell saß er im Laderaum eines Flugzeuges. Zur besseren Tarnung hatte man authentischen Gorilla-Mist (!) verstreut. Der gesamte Vorgang wurde mit einer Videokamera aufgenommen. Besonders dramatisch war der Moment, als der Gorilla den Kopf abnahm, der Zoodirektor aus allen Wolken fiel und aus dem Flugzeug auf die Rollbahn sprang, um sich den Folgen seiner Dummheit zu entziehen ...

(Internet)

Tierschutz tut not. Bisweilen jedoch regen unsere haarigen und gefiederten Freunde mörderische Gelüste an:

In den Klauen des Würgers

Es war einfach zu viel für Mark Leach (43) und seine Frau. Sie rissen den Zaun ihres Nachbarn nieder, brachen in seine Voliere ein und drehten einem blauen Amazonas-Papagei den Hals um. Das Tier hatte – vom Nachbarn dressiert – vier Jahre lang unentwegt den Namen »Leach« gekreischt. Vor Gericht wurde dies als mildernder Umstand gewertet. Dennoch wurde der Papageienmörder zu 900 Dollar Strafe verurteilt.

(Internet)

Von weiser Einsicht zeugen die Äußerungen eines der folgenden Vögel:

Vorlauter Vogel geklaut

Gummersbach – Drei Beos entwendete ein Dieb aus einem Vogelpark. Zwei der südasiatischen Singvögel besitzen keine besonderen Kennzeichen. Der dritte allerdings könnte den Dieb verraten: Sein Lieblingsruf, den er mit Inbrunst und voller Phonstärke deklamiert: »ARSCHLOCH!«

(Express/Köln)

Ein Hauch von Gefahr genügte einer Dame aus der Schweiz nicht – es mußte gleich gehäuft kommen. Dabei kam die Bedrohung von gänzlich unerwarteter Seite:

Kitzelige Angelegenheit

Genf – Eine 30jährige Schweizerin bedeckte sich mit 82 großen afrikanischen Skorpionen, um den Weltrekord zu brechen. Der Versuch mißlang; die Skorpione kitzelten zu sehr ...

(Internet)

Tiefes Mitleid mit der Kreatur erzeugt die folgende Meldung:

Von Menschen verdorben?

Larkspur, Colorado – 175 Pfund wog der Schwarzbär, den die Polizei in Larkspur erlegte. Er hatte eine ganze Serie von Kücheneinbrüchen begangen, und zwar stets nach demselben Muster: Glastür aufschieben, Kühlschrank leerfressen – und tschüs! In einem Fall jedoch setzte sich der Bär zu dem Sohn des Hauses auf die Couch und wurde – versehentlich – als dessen Vater begrüßt. Der Bär starb nach seinem neunten Verbrechen – mit einer Tortilla im Maul. Der örtliche Wildhüter: »Ohne soviel menschlichen Einfluß wäre der Bär nie so auf die schiefe Bahn geraten!«

(UPI)

Nicht nur große Tiere sind gefährlich ...

Maus verursacht Chaos

Eine niedliche Maus hatte ein Chaos in einem britischen Operationssaal verursacht. Unter der Leitung eines nur örtlich betäubten Patienten suchten Ärzte und Krankenschwestern, das Grautierchen einzufangen, denn es trug weder einen Mundschutz, noch war es keimfrei gewaschen. Bei der Jagd ereignete sich ein Unfall: Ein Chirurg stieß mit dem Kopf so heftig gegen den OP-Strahler über dem Operationstisch, daß er besinnungslos zusammenbrach. Er konnte gleich liegen bleiben. Ob die Maus gefangen wurde, wird nicht berichtet ...

Zu befremdlichen Ergebnissen kann es kommen, wenn das Augenmerk des Menschen am Tier rein ausbeuterischer Natur ist und dabei zoologisches Wissen auf der Strecke bleibt:

Alles für Naturkosmetik ...

Kamelmilch sei das Wundermittel für glatte Haut, hatte eine Frau in einer deutschen Großstadt gehört. Aber woher bekommt man die? Im Zoo natürlich, und dorthin begab sich die Dame nächtens, um ein Kamel »auszuleihen«. Das gelang erstaunlicherweise. Doch als die Dame das Tier nach Hause geschafft hatte, sagte nicht nur dessen Namensschild, daß sie danebengegriffen hatte. Das Tier hieß nämlich Otto, und von einem Euter war weit und breit nichts zu sehen ...

Viel Freude empfinden wir, wenn Mensch und Tier gemeinsam Sport treiben:

Fliegender Wechsel

Beim Weihnachtshindernisrennen in Melbourne, Australien, kam es zu einem kuriosen Ereignis: Der Reiter eines Pferdes namens Cogitate stürzte und rammte dabei das Pferd Hon Kwok Star. Dessen Jockey, ein gewisser Andrew Payne, stürzte vom Pferd, ergriff aber im Fallen den Hals von Cogitate, dem Pferd seines Gegners, schwang sich hinauf und ritt das fremde Tier über die Ziellinie. Leider wurden beide Pferde disqualifiziert.

(News Of The Weird)

Nie sollte der Mensch die Bedürfnisse seines animalischen Partners mißachten, denn sonst bricht der gnadenlose Trieb der Natur durch und das Schnuckeltier kennt keine Verwandten mehr ...

Herrchens Ende

New York – Ein grauenvolles Ende nahm der 19jährige New Yorker Reptilienfreund Grant Williams. Er hatte seinen 3,60 Meter langen Python Damien derart knapp gefüttert, daß das Tier zur Selbsthilfe griff und Herrchen – in der Absicht, endlich fette Beute zu machen – zu Tode quetschte. Grant Williams, so ergaben die Nachforschungen, hatte wohl versucht, das Tier mit einem lebenden Hühnchen zu füttern, als sich die Schlange für den größeren Happen entschied. Der Schlangenhalter starb im Krankenhaus. Der Mörderpython kam ins Tierheim, wo noch über sein Schicksal zu entscheiden sein wird.

(Internet/Times, London)

Ein ungewöhnlich masochistisches Verhältnis zu gewissen Tieren hat die folgende Dame:

Beruflich ausgesaugt ...

Ellie Jenkins hat einen ungewöhnlichen Beruf: Sie arbeitet für die Mosquito Control Commission in Savannah, Georgia. Ihre Aufgabe: Ellie Jenkins besucht nach festem Plan 38 Orte in der Umgebung, stellt sich dort mit ausgestreckten Armen und Beinen auf und zählt – die Moskitostiche, die sie in einer Minute bekommt. Sind es mehr als fünf, so ruft sie die Wagen mit der Giftspritze herbei ...

(AP)

Und was, wenn die Katastrophe nicht den Menschen, sondern die unschuldige Kreatur trifft? Kein Problem in China!

Einsamer Rüssel

Was auf den Rüssel gekriegt hatte ein Elefant in China. Genauer gesagt: Der Rüssel war bei einem Unfall abgetrennt worden. Ein Chirurgenteam befestigte das Greif- und Riechorgan in einer 17stündigen Operation. Zwar war es nachher 16 Zentimeter kürzer, aber Jumbo kann wieder richtig zulangen ...

(News Of The Weird)

VERSICHERUNGEN I

Stilblüten in Unfallbeschreibungen

Katastrophen bereiten zweimal Ärger: in dem Augenblick, in dem sie geschehen, und etwas später, wenn es um ihre rechtliche und materielle Aufarbeitung geht. Dabei gibt es Menschen, die sich den Folgen ihres Tuns stellen. Und solche, die nach einem Hintertürchen suchen. Besonders viele Möglichkeiten gibt es, wenn eine Katastrophe in der einen oder anderen Weise versichert war. Viele Fragen tauchen auf: Läßt sich die Sache nachträglich noch so hinbiegen, daß die Versicherung zahlt, obwohl der betreffende Schaden eigentlich gar nicht versichert ist? Kann es gelingen, die Angelegenheit herunterzuspielen und aus dem Täter oder Verursacher ein armes Opfer zu machen? Die folgenden Sätze stammen aus Unfallbeschreibungen, die bei Versicherungen eingegangen sind. Sie zeigen beachtliche Phantasie – und bestimmte Schemata:

Schema 1: Eigentlich bin ja gar nicht ich schuld ...
In der Absicht, eigene Schuld zu vertuschen, wagt das Gehirn – ob bewußt oder unbewußt – gefährliche Konstruktionen. Das liest sich dann nachher so:

Das andere Auto rammte mich, ohne vorher seine Absicht kundzutun.

Daß der Unfallgegner sich – hier personifiziert durch sein Auto – etwas zuschulden hat kommen lassen, klingt gewöhn-

lich. Doch auch die am Verkehr relativ unbeteiligte tote Materie hat ihre Tücken:

Der Telefonmast kam immer näher, und als ich ihm ausweichen wollte, erwischte ich ihn an seinem unteren Ende.

Die Telefonzelle kam rasend schnell näher. Ich wollte ihr ausweichen, aber da hatte sie schon meinen Kotflügel getroffen.

Gefährlich, diese hinterhältigen Gegenstände am Straßenrand. Im folgenden Beitrag kommt der Angriff von an sich friedlicher biologischer Seite:

Als ich an die Kreuzung kam, erhob sich ein Baum, um meine freie Sicht zu behindern.

Schlimm, diese aggressiven Pflanzen! Mit Absicht hat er sich emporgereckt! Noch verwerflicher handelte folgender Baum:

Ein Straßenbaum stieß kommentarlos mit mir zusammen.

Aktiv als Täter! Ohne jede Entschuldigung, und dann noch dieser quälende Mangel an Kommunikation zwischen Täter und Opfer! Und der folgende Baum hatte sogar noch einen in der Krone!

Die Fahrt war an einem Baum zu Ende. Er starb unter Alkohol.

Aber auch Menschen (besonders Fußgänger) besitzen beachtliches Gefahren- und Angriffspotential:

Ein Fußgänger rammte mich und verschwand wortlos unter dem Wagen.

Bemerken Sie es auch hier? Besonders diese Wortlosigkeit macht den Unfallgeschädigten fertig. Rammt ein Auto und entschuldigt sich nicht mal! Geht statt dessen einfach auf Tauchstation. Ein Benehmen ist das! Schlimm. Aber die Fußgänger haben noch mehr linke Tricks drauf:

Der Kerl war einfach überall auf der Straße. Ich mußte mehrmals ausweichen, bevor ich ihn rammte.

Omnipräsenz kann ganz schön lästig sein. Schon deshalb ist nicht immer der Autofahrer schuld. Und manche Menschen auf zwei Beinen sind selbst schuld, weil sie sich förmlich als Unfallopfer anbieten:

Ich überfuhr einen Mann. Er gab seine Schuld zu, da ihm das schon einmal passiert war.

Eben! Und nun schon zum zweiten Mal! Vermutlich rennt der Kerl nächste Woche wieder vor das Auto eines ahnungslosen Zeitgenossen! Einsperren sollte man sie, diese Verkehrsopfer, damit sie nicht weiter die Straßen unsicher machen!
Noch schlimmer ist es, wenn der Unfallgegner bewußt die gesetzlichen Bestimmungen mißachtet:

Unter Beachtung der zulässigen Höchstgeschwindigkeit kollidierte ich mit einer Taube, die unvorschriftsmäßig in Gegenrichtung unterwegs war und meinem PKW nicht auswich!

Vermutlich hatte der anarchistische Vogel nicht einmal einen Flugschein. Wie das folgende Rotwild mißachtete er alle Regeln des Straßenverkehrs – und des Versicherungsrechtes!

Das Reh prallte gegen meinen Wagen, warf mir einen vorwurfsvollen Blick zu und verschwand wieder im Wald, ohne seine Versicherungsunterlagen mit mir auszutauschen.

Bei Haustieren könnte man besseres Benehmen erwarten, doch macht sich hier die Nähe zum Menschen in zunehmender Demenz bemerkbar:

Eine Kuh lief mir ins Fahrzeug. Später erfuhr ich, daß sie nicht im Vollbesitz ihrer Kräfte war.

BSE im Frühstadium? Auch Menschen sind nicht immer ganz bei sich. Sozusagen auf höheren Befehl handelte der folgende Autofahrer:

Das Polizeiauto gab mir ein Signal zum Anhalten. Ich fand einen Brückenpfeiler.

Wohl weniger als Entschuldigung gemeint, entlarvt die folgende Einlassung letztlich doch den Grund für das katastrophale Geschehen – Müdigkeit, geradezu übermenschliche Müdigkeit ...

Als ich am Steuer einschlief, war ich schon 40 Jahre gefahren.

Bemitleidenswert. Im folgenden vertritt der Täter eine ungewöhnliche These: Der Besitzer des Autos ist immer auch der Schuldige ...

Ich habe den Unfall nicht gemacht. Das Auto war von meiner Freundin. Ich habe längst wieder eine andere Marke ...

Mit dem Markenwechsel erlischt ja bekannterweise jede Verantwortlichkeit ...

Auch das Fahrzeug selbst kann am Unfall schuld sein:

Mein Auto fuhr einfach geradeaus, was in einer Kurve allgemein zum Verlassen der Straße führt.

Ja, wußte das Auto nicht um diesen Sachverhalt?
Eine interessante Kombination lebendes Wesen/tote Materie bringt dieser Unfallhergang:

Ein Rad geriet in den Straßengraben, meine Füße sprangen von der Bremse zum Gaspedal, hüpften von der Fahrbahn auf die andere Seite und stießen gegen einen Baumstumpf.

Und der wird sicher auch noch die Wurzeln im Spiel gehabt haben ...
Noch eine sehr überzeugende Erklärung der eigenen Unschuld zum Schluß:

Ich war an dem Unfall nicht schuld. Schuld war die junge Frau im Minirock. Wenn Sie ein Mann sind, ist jede weitere Erklärung überflüssig, wenn Sie aber eine Frau sind, verstehen Sie es sowieso nicht.

Schema 2: Der Einbruch des Irrationalen
Magie, Mystik, Schamanismus – rätselhafte Mächte waren immer dann im Spiel, wenn es so gar keine Entschuldigung für das eigene katastrophale Tun gibt:

Ich kam heim und fuhr in die falsche Einfahrt. Dabei rammte ich einen Baum, den ich gar nicht habe.

Ts, ts! Tauchen wie aus dem Nichts auf, diese Pflanzen. Noch geisterhafter wird es nun:

Ein unsichtbares Auto kam aus dem Nichts, prallte gegen meinen Wagen und verschwand wieder.

Gilt im Nichts die Straßenverkehrsordnung? Wie soll man mit solchen Erscheinungen im Straßenverkehr umgehen? fragen wir unseren zuständigen Verkehrsesoteriker. Besonders wenn sie derart massive Formen annehmen:

Wegen eines unsichtbaren Lastwagens mußte der Wagen eine schärfere Kurve nehmen, als diese notwendig gewesen wäre.

Offensichtlich muß man immer und überall damit rechnen, daß irgend etwas unsichtbar ist – oder aber mir nichts, dir nichts aus dem Nichts auftaucht:

Ein Stopp-Zeichen erschien plötzlich, wo noch nie vorher eines war. Deshalb konnte ich nicht rechtzeitig bremsen.

Ich sah einen traurigen alten Mann, der in Zeitlupe gegen mein Wagendach prallte und dann langsam an meiner Windschutzscheibe vorüberschwebte.

Ganz wie in einem seltsamen Traum. Und dieses Mitgefühl für das Opfer ... Die sachlichere Variante hört sich so an:

Der Fußgänger stieß mit mir zusammen und begab sich unter mein Fahrzeug.

Was wollte er dort? Wir werden es wohl nie erfahren. Ebenfalls von schwer zu deutender Mystik:

Ich fuhr mit meinem Auto gegen einen Laternenpfahl, den ein menschliches Wesen verdeckte.

Woher kam es? Wohin ging es? Und was mag es bewogen haben, Bruder Pfahl zu verdecken?

Kafkaesk mutet die folgende ausweglose Darstellung an:

Um einen Zusammenstoß zu vermeiden, fuhr ich in den anderen Wagen hinein.

So ist diese Welt – eiskalt – ohne jede Chance ...

Schema 3: In anderer Absicht ...
Wenn es auch geschehen ist, so tut es doch ungemein gut, nachher zu versichern, man hätte in ganz anderer Absicht gehandelt. Die beste Ausrede aus dieser Kategorie: Eigentlich wollte ich nur helfen ... Von solcher Hilfsbereitschaft sollen die folgenden Äußerungen künden:

Der Fußgänger wußte nicht so recht, wohin er wollte. Also überfuhr ich ihn.

Der alte Knabe konnte sich nicht entscheiden, in welche Richtung er gehen wollte. Also überrollte ich ihn.

Jetzt hat keiner der beiden mehr eine Entscheidungskrise. In mörderischer, aber zugleich hygienefördernder Absicht handelte Täter A:

In der Absicht, eine Fliege zu töten, fuhr ich gegen einen Telefonmast.

Mit einer anderen Spezies und geringerer Tötungsabsicht, aber einem nahezu gleichen Ergebnis agierte Unfallfahrer B:

Eine Spinne kam in mein Gesichtsfeld. Als ich versuchte, sie loszuwerden, fuhr ich in das Auto vor mir.

Eigentlich wollten sie sich und die Menschheit von einer lästigen Plage befreien, doch dabei ...

Weil ich nicht gegen die Stoßstange des Wagens vor mir fahren wollte, fuhr ich den Fußgänger um.

Wieder die edle Absicht: Man kann ja schließlich nicht glänzende Chromteile gefährden. Da wäre der Fahrer des anderen Autos doch unglücklich gewesen. Ein Autofahrer hackt dem anderen doch schließlich kein Blinklicht aus. Dann schon lieber einen dieser dummen Fußgänger umlegen ...

Schema 4: Die Fährnisse des Schicksals
Warum nicht Zuflucht zu den ganz großen Mächten nehmen? Wenn höhere Gewalt wirkt, kann sich der kleine Mensch nur in sein Schicksal fügen – und hat seine Entschuldigung ...

Der Nebel war so stark, daß ich das Schild mit der Geschwindigkeitsbegrenzung nicht sehen konnte.

Tja, da ist man natürlich hilflos und fährt völlig ohne eigene Schuld in die Radarfalle. Können noch froh sein, die lästigen Kontrolettis, daß man sie nicht umgenagelt hat! Wie kann man sich auch an den Rand einer Straße stellen – bei dem Nebel!
Der folgende Fahrer verbirgt sein Mißgeschick hinter ökologischem Tun:

Mein Auto war vollgepackt mit Sträuchern für den Garten. Ich hatte nichts als Grün vor Augen ...

... und deshalb überall Vorfahrt. Klar, daß ein derart gerechter Mensch auch niemals unerlaubterweise den Unfallort verlassen würde:

Ich habe noch nie Fahrerflucht begangen, im Gegenteil – ich mußte weggetragen werden.

Mit den Augen des Opfers

Nicht immer wird in Unfallbeschreibungen nur versucht, die eigene Schuld zu bemänteln. In manchem Satz bricht sich auch das blanke Erstaunen Bahn – oder eine beneidenswert naive Weltsicht, die das Opfer davor schützt, die ganze Schwere des Geschehens auf einmal zu begreifen. Nennen Sie es, wie Sie wollen: die schützende Hand des Herrn, Zuflucht zur Tücke des Objekts oder auch nur himmelschreiende Geistesschwäche ...

Ich dachte, das Fenster sei offen, aber als ich meinen Kopf hindurchsteckte, stellte ich fest, daß es zu gewesen war.

Zwar entstammen die beiden gegeneinanderstehenden Äußerungen aus Briefen an eine Versicherung aus unterschiedlicher Quelle – aber könnte die folgende nicht aus der vorangegangenen resultieren?

Ich sagte der Polizei, daß ich nicht verletzt sei, aber als ich meinen Hut abnahm, bemerkte ich einen Schädelbruch.

Auffällig auch, wie eigenartig fokussiert manches Detail des Geschehens wahrgenommen wird ...

Mein Wagen kam von der Straße ab. Wenig später fanden mich einige streunende Kühe in einem Graben.

... und wie bizarr Schlußfolgerungen über Unfallursachen gezogen werden:

Der Brandschaden ist wahrscheinlich durch das achtlose Wegwerfen eines Straßenpassanten entstanden.

Von erstaunlicher Klarsicht trotz Katastrophenschadens zeugt der nachstehende Satz:

Mein verletzter Mann befindet sich in größter Lebensgefahr, denn er steht bei Dr. med. S. in ärztlicher Behandlung.

Und der nachstehende beinhaltet nicht nur Einsicht, sondern gar übermenschliche Selbsterkenntnis:

Ich teile Ihnen mit, daß die Zusendung der Rechnungen meinerseits noch einige Wochen dauern wird, da ich sie im Moment noch nicht alle beisammen habe.

Doch es gibt immer Hoffnung:

Mein Dachschaden wurde, wie vorgesehen, am Freitag behoben.

Ob die Versicherung allerdings diesen Schaden regeln kann ...

Hiermit übersende ich Ihnen zwei Rechnungen von meiner Frau und den zwei Kindern, die gestern eingegangen sind.

Einer sehr gewöhnlichen Katastrophe hat ein Mensch sein Leben zu verdanken, wie der folgende Satz erläutert:

Ich habe Rheumatismus und ein Kind von vier Jahren, was auf die Feuchtigkeit zurückzuführen ist.

Welche Art Feuchtigkeit? Fragen Sie nicht den folgenden Arzt danach. Seinem Fachwissensstand entsprechend, dürfte er es nicht einmal ahnen:

Am Morgen des 9. Oktobers wurde ich zu einem dringenden Hausbesuch aufgefordert – Patient war sofort tot.

Aber es gibt sogar Mitmenschen, die den Ratschlägen eines solchen Mediziners bedingungslos nachkommen:

Ich teile Ihnen höflich mit, daß meine Frau auf Anordnung von Herrn Dr. M. infolge eines Herzanfalls gestorben ist.

Erfreut sind Versicherungsgesellschaften sicher über solche Kunden, die ihre Katastrophen nur zögerlich regeln:

Der bedauerlicherweise tödlich verunglückte Herr F. hat selbst Ansprüche bisher nicht geltend gemacht.

Aber es gibt auch andere, die hemmungslos Gewinn aus den Töpfen der Solidargemeinschaft ziehen wollen und dazu auch geeignete Gehirnakrobatik nicht scheuen.

Ich bin schwer krank gewesen und zweimal fast gestorben. Da können Sie mir doch wenigstens das halbe Sterbegeld auszahlen.

Zukünftige Katastrophen im Blick hatte der folgende Versicherungskunde, und er mag sich auch in den letzten Dingen nicht das Heft aus der Hand nehmen lassen:

Ich bin schon in einer Sterbekasse, damit ich mich selbst begraben kann.

Echte Übersicht und Ordnung verrät der folgende Satz. Wer so seine Katastrophen regelt, hat alles im Griff:

Die Unfallzeugen sind der Schadensmeldung beigefügt.

Familiäre Katastrophen

Wie Sie sicher wissen, geschieht ein Großteil aller Katastrophen im trauten Heim. Von Leiterstürzen und Elektroschocks in der Badewanne einmal abgesehen – auch der soziale Bereich hat sein Katastrophenpotential. Der folgende Verfasser unterschätzt die Gefahren des Zusammenlebens mit Sicherheit:

... möchte ich Ihnen mitteilen, daß ich geheiratet habe. Eine Gefahrenerhöhung ist nicht eingetreten.

Realistischer sieht der nachstehende Autor seine Familie. Ob ihm indessen die Versicherung in dieser Angelegenheit helfen mag?

Ich möchte Sie bitten, meinen Sohn zu stornieren, für sein Alter ist er einfach zu dumm.

Rechtzeitige Verhütung hätte sicher mehr gebracht. Und man muß ja in diesen Tagen aufpassen wie ein Schießhund, damit sich die Familie nicht plötzlich ungewollt vergrößert:

Ihr Computer hat mir ein Kind zugelegt. Ich habe aber kein Kind, schon gar nicht von Ihrem Computer.

Oft lassen sich Gefahrenpotentiale in der Familie bereits erkennen, bevor das Kind in den Brunnen gefallen und das Paar vermählt ist. Der angehende Ehemann im folgenden Fall sollte über die zukünftige eheliche Treue seiner Frau noch einmal genau nachdenken:

Die Polizisten, die den Unfall aufnahmen, bekamen von meiner Braut alles gezeigt, was sie sehen wollten.

Von bereits abgelaufenen familiären Katastrophen kündet der folgende Satz:

Auf eine Lebensversicherung kann ich verzichten. Ich will meinen Angehörigen genau das hinterlassen, was sie verdient haben – nämlich nichts.

Auch hier offenbart sich schonungslose Sicht der familiären Realitäten:

Einnahmen aus der Viehhaltung haben wir keine. Mit dem Tod meines Mannes ging das letzte Rindvieh vom Hof.

Unterschwelliges

Unglaubliche Wahrheiten tun sich kund, wenn Menschen im Umfeld der Katastrophe die Selbstkontrolle verlieren und dabei enthüllen, was sie sonst verborgen halten. Besonders unterdrückte Sexualität bricht sich auf diesem Wege Bahn – sehr zur Freude der Sachbearbeiter in den Schadensabteilungen.
Das folgende Unfallopfer betont gekonnt seine – Unschuld ...

Der Unfall wurde polizeilich aufgenommen, wobei an Ort und Stelle meine Unschuld einwandfrei festgestellt wurde.

... während im folgenden ein Mann zu leisten bereit ist, was von ihm erwartet wird:

Der Mopedfahrer am Unfallort hatte der Fahrerin des PKWs erklärt, daß er seiner Zeugungspflicht nachkommen werde.

Ob die Versicherung die Folgen dieses Tuns als Schaden anerkennen wird?

Bei dem Unfall wurde keiner verletzt. Lediglich Frau H. ist in anderen Umständen.

Einen Versuch ist es allemal wert, meint untenstehender Versicherungsnehmer:

Hiermit möchte ich mir gestatten, Ihnen meinen Sohn als Unfall zu melden.

Unglaublich, was die Leute so alles an Dienstleistungen von ihrer Versicherung erwarten!

Da ich mit meinem Mann nicht mehr zusammenlebe, bitte ich Sie höflichst, Ihren zuständigen Vertreter vorbeizuschicken.

Eine unterhaltsame Tätigkeit, meinen Sie? Der Mann fürs Grobe hat im Dienst sicher nicht nur freudige Tage:

Der Sachverständige war völlig ungehalten, als er mein Vorderteil erblickte.

Das Versagen des Experten von der Hamburg-Mannheimer führt dann wiederum zu solchen Beschwerden:

Ich liege mit dem gewählten Tarif verkehrt. Bin in der letzten Zeit überhaupt nicht richtig befriedigt worden.

Ich appelliere jetzt an Ihre Humanität. Befriedigen Sie mich in aller Ruhe.

Immer mit der Ruhe! Ein Anspruch auf Versicherungsleistungen in dieser Hinsicht besteht nämlich nicht, auch wenn manches Unfallopfer aus der Art der Verletzungen Tröstungsleistungen für unabdingbar hält:

Bei dem Zusammenstoß wurde ich im hinteren Teil so beschädigt, daß ich abgeschleppt werden mußte.

Immer die Versicherung schröpfen, nein, das muß nicht sein. Andere Damen regeln das souveräner:

Seit der Trennung von meinem Mann wird jeder notwendige Verkehr durch meinen Rechtsanwalt erledigt.

Und worunter Versicherungsgesellschaften in dieser Hinsicht zu leiden haben!
Merkwürdige sexuelle Riten führen auf dem Lande zu Katastrophen:

Beim Belegen einer Jungsau mußte ich dem Eber Hilfestellung leisten. Dabei trat mir der Eber auf den linken Fuß und verletzte mich ...

Und die Versicherung soll für diese Schweinerei auch noch zahlen, Sie Ferkel?

Unglaubliche Katastrophen

Unvorhersehbares, seltsame Verkettungen und irrwitzige Abläufe sollen hier das Thema sein. Ob sie wirklich so stattgefunden haben oder nur an den Haaren herbeigezogene Kon-

strukte sind, um den Versicherungen Geld vom Konto zu holen – entscheiden Sie selbst.

Gleich dreifach und mit spitzen Zähnen schlug das Schicksal bei diesem Herrn zu:

Ich wollte zwei raufende Hunde trennen und wurde gebissen. Ich lief sofort in die Apotheke, da biß mich der Apothekerhund ...

Merkwürdige Reaktionen führen zu verwunderlichen Schicksalsschlägen, was das Beispiel dieser Dame beweist:

Ihre Hosen fielen in die Toilette. Statt sie herauszuholen, versuchte sie unentwegt, sie hinunterzuspülen. Da brannte der Motor der elektrischen Spülung durch.

Ganz unerwartet kam es zu folgendem kuriosen Todesfall:

Anbei eine Rechnung über einen Wellensittich in Höhe von 16 DM. Der Vogel ist mit so einer Wucht gegen den Spiegel geflogen, daß er fünf Minuten später tot war.

Vermutlich wird die Versicherung aber nicht zahlen, denn a) der Besitzer des Geschädigten hatte nicht die vorschriftsmäßigen Raubvogel-Silhouetten am Spiegel angebracht und b) der geschädigte Vogel ist weder in der Hausratsversicherung noch in der Familienhaftpflicht enthalten.

Beweise und Sachverstand

Natürlich müssen in vielen Fällen unwiderlegbare Beweise für das Geschehen einer Katastrophe vorgelegt werden. Kein Problem für das nachstehende Opfer:

Das Glas ist kaputt, ich schicke Ihnen hiermit einen Splitter von der Scheibe mit, woran Sie sehen wollen, daß sie hin ist, denn sonst wäre sie ja noch ganz unbeschädigt.

Die beamtete Obrigkeit wird gern zitiert, weil deren Beweiskraft als durchschlagend gilt. Doch hier konnte sie nicht weiterhelfen:

Die Polizei kann keine Beweise vorlegen, daß Ludwig S. durch fremde Hilfe ertrunken worden ist.

Wenn Beweise fehlen, wird der Sachverstand bemüht. Manches Mal wird aber in der Absicht zu sparen auf gewerbsmäßige Sachverständige verzichtet. Das führt zu erstaunlich professionellen Ergebnissen wie den nachstehenden:

Sofort nach dem Tod meines Mannes bin ich Witwe geworden.

Der Profi wäre zu keiner anderen Einsicht gelangt. Und auch in der nächsten Angelegenheit steht die Expertise des selbsternannten Fachmannes außer Frage:

Ich bin Zoologe und glaube deshalb, den Zustand meiner Frau sachverständig beurteilen zu können.

VERSICHERUNGEN II

Ungewöhnliche Fälle

Jede Katastrophe ist anders, und nachträgliche Analysen bringen, wie Sie unterdessen wissen, nichts als Ärger. Bleibt meist nur die Frage: versichert oder nicht? Für die folgenden gilt dies ganz besonders ...

Nicht noch einmal ...

Gegen eine kuriose Katastrophe versicherte sich der Musiker Percy Smith: Ihm war die Frau durchgebrannt, und er wollte so etwas nicht noch einmal erleben. Also schloß er eine Versicherung ab: Im Schadensfall sollten ihm 40 000 Dollar gezahlt werden. In welchem Schadensfall? Bei der Rückkehr seiner Frau ...

Nicht immer ist nur die Aufarbeitung einer Katastrophe Anlaß zu einiger Komik – manchmal enthält auch das Desaster selbst lustige Komponenten:

... kommt von oben

Hinkley/Illinois – Ein Fallschirmspringer wurde festgenommen, weil er – wohl ein besonderer Gag mit Knalleffekt – einen Kürbis aus 600 Meter Höhe zur Erde hinabsausen ließ. Der Kürbis durchschlug ein zweistöckiges Gebäude vom Dach bis zum ersten Stock, wo eine erschreckte Einwohnerin gerade den Nachtisch zubereitet hatte: Obstsalat.

Unschuld versichert – Versicherung unschuldig?

Gegen eine recht alltägliche Katastrophe wollte sich ein Sizilianer bei Lloyd's versichern lassen: gegen den Verlust der Unschuld seiner Tochter. Lloyd's lehnte den Versicherungsantrag ab – das Risiko schien den Experten zu unkalkulierbar. Dennoch fand der sittenstrenge Vater eine Versicherungsgesellschaft, die einen entsprechenden Vertrag abschloß – in Peru ...

Die folgende kleine Statistik sollte jede Hundehaftpflicht zur Risikoabwägung in Betracht ziehen:

Bißopfer

Michigan – Aus dem Jahresbericht des Krankenhauses der Ann-Arbor-Universität:

Bißverletzungen:

Von einem Hund gebissen:	1 Patient
Von einer Biene gestochen:	1 Patient
Von Patienten gebissen:	17 Angestellte

Mit krimineller Energie beim VN (Versicherungsnehmer) muß jeder VG (Versicherungsgeber) rechnen – und im vorliegenden Fall korrekt, aber hart reagieren:

Rauchgenuß – oder Brandstiftung?

Ein cleverer Brite versicherte eine Kiste Zigarren gegen Feuer. Als der Vertrag gültig war, rauchte er die Glimmstengel und meldete den Schaden seiner Versicherung: Die zahlte ihm zähneknirschend die Summe – und verklagte den Mann dann wegen Brandstiftung.

Nicht im Falle jeder Katastrophe wird das Opfer so mit nackten Tatsachen konfrontiert.

Nackter Mann, was nun?

Sie fuhr, er schlief – wie Gott ihn geschaffen hatte – im Campinganhänger. Als der Wagen an einer Ampel hielt, erwachte der Gatte, wähnte sich noch auf dem Campingplatz für Nudisten und wollte aussteigen. Die Ampel sprang von Rot auf Grün, die Frau fuhr los, und fertig war die Schlagzeile: Nackter Mann erregt Aufsehen auf Kreuzung ...

Auch mit selbstzerstörerischen Tendenzen muß gerechnet werden – sogar im Alltag:

Selbstzerfleischung

Boston – Ins eigene Fleisch biß sich ein Immobilienmakler, als er sich auf sein Gebiß setzte, das er in der hinteren Hosentasche aufbewahrte. Unfallhergang: Er rutschte auf einer Bananenschale aus und stürzte so unglücklich, daß sein Gebiß ordentlich was zu beißen hatte ...

Und letztlich können sogar Unfallverhütungsmaßnahmen erschreckend enden:

Verfehlte Warnung

In Melbourne ergriff eine Windbö das Schild auf dem Dach eines Hochhauses. Es wehte hinab, durchschlug das Schaufenster eines Porzellanladens und verletzte mehrere Kunden, die die Aufschrift des Schildes für einen schlechten Witz hielten: »Helft Unfälle verhüten!«

ZAHLEMANN UND SÖHNE

Finanzielle Geistesschwäche

Wenn es um Geld geht, verstehen wir keinen Spaß. Wir feilschen um jeden roten Heller, rechnen auf den Pfennig genau und drehen jeden Groschen dreimal in der Hand um, ehe wir ihn ausgeben. Daß wir aber in derart ernsten Dingen unsere gesamten geistigen Kapazitäten aktivieren, läßt sich auch nicht gerade sagen:

Offizielles Zahlungsmittel?

Ein auf einem Farbdrucker hergestellter 30-DM-Schein muß einem Witzbold so täuschend echt geraten sein, daß er mehrere Wochen in Bayern im Zahlungsverkehr bleiben konnte. Erst dann wurde er von einem aufmerksamen Bankbeamten sichergestellt. Es ist nicht bekannt, wie oft der Schein in zwei 15-DM-Noten umgewechselt wurde.

(Berichte in diversen Tageszeitungen)

Falschgeld war es eigentlich nicht – möglicherweise ein Zahlungsmittel aus einem anderen Universum.

Harte Duck-Dollars ...

Schmuck im Werte von 24 Millionen Mark überließ ein renommierter Pariser Juwelier einer Bande von Betrügern. Erst auf der Bank bemerkte man den Vermerk auf der Rückseite der Scheine: »Banknote Walt Disney«. Der Juwelier hatte, in der Annahme, ein besonders gutes Geschäft zu machen, tagelang mit den Betrügern verhandelt, die ihm versichert hatten, für einen arabischen Prinzen Geld »waschen« zu wollen. Weder bei den Verhandlungen noch bei der Übergabe des Schmucks hatten der Juwelier und seine Angestellten Verdacht geschöpft ...

Schwer unter den Folgen mangelnder Zahlungsmoral zu leiden hatte ein Zeitgenosse in folgendem Bericht:

Den Hahn abgedreht

Sanford, North Carolina – Nur mit einem Handtuch bekleidet, beschwerte sich ein Mann im Rathaus, dem man das Wasser abgedreht hatte, während er unter der Dusche stand. Nachdem die städtischen Angestellten ihm einen Zahlungsrückstand belegt hatten, stellte sich der Mann in die Schlange an der Kasse, zahlte, fuhr nach Hause und duschte zu Ende. Bleibt die Frage: Wo hatte der Herr seine Geldbörse? Oder hatte er eine Kreditkarte?

(The Charlotte Observer/News Of The Weird)

FEURIO!

Unvernunft mit Zündhölzern

Offenes Feuer in der eigenen Wohnung machen nur Deppen? Irrtum, so etwas kommt jeden Tag vor. Der eine will nur Sauberkeit ...

Feuer und Wasser ...

Ingelheim – Beim Versuch, seine Hose mit Waschbenzin zu reinigen, öffnete ein 30jähriger den Warmwasserhahn – und zündete so die Gastherme. Die Folge: Die Benzindämpfe in der Luft des engen Badezimmers explodierten. Der Mann wurde lebensgefährlich verletzt.

(Bild)

... der andere trachtet sich gleich nach dem Leben ...

Big Bang nach mißglücktem Abgang

Ein ungeschickter Selbstmörder in Bordeaux brach zwar seinen Selbsttötungsversuch mit Gas rechtzeitig ab, sprengte dann aber sich und sein Appartement in die Luft, als er sich eine Zigarette anzünden wollte »um seine Nerven zu beruhigen«.

... und manchen fasziniert das alles verzehrende Element über alle Maßen:

Zündende Idee

Wild auf Arbeit war der Student und Feuerwehrmann Keith

Porter, 19, in Baton Rouge. Weil es aber nicht brennen wollte und der arme Keith dringend das Geld aus dem Feuerwehrjob für sein Studium brauchte, zündelte er eben ein bißchen. Ein bißchen viel, meinte der Richter, denn Porter ist in elf Verfahren wegen Brandstiftung angeklagt. Wenn er Pech hat, muß er für 115 (!) Jahre in den Knast. Außerdem soll er Geldstrafen in Höhe von 200 000 Dollar zahlen. Übrigens: Ein Feuerwehrmann verdient im Einsatz 5 Dollar in der Stunde ...

(Internet)

... das kann bis hin zu handfesten Interessenkonflikten führen:

Ich will auch mal!

Zwei Beamte der Berufsfeuerwehr und sechs freiwillige Feuerwehrleute wurden in Seat Pleasant, Maryland, vom Dienst suspendiert, weil sie sich während eines Einsatzes geprügelt hatten. Es ging darum, wer als erster die Spritze halten durfte ...

(News Of The Weird)

VIDEOTIE!

High-Tech- und Medienkatastrophen

Mann heizt Badewasser mit dem Tauchsieder: Derartige Meldungen kennt man. Doch nicht nur die heillose Kombination Elektrizität/Wasser, die jeden TÜV-Ingenieur um den Verstand und manchen Dummbeutel ums Leben bringt, kann katastrophale Folgen haben ...

Selbstmord mit Walkman

Neuss – Von einem Zug überrollt wurde eine Mitarbeiterin der Bahn AG, weil sie dessen Herannahen nicht bemerkt hatte. Ein Walkman mit lauter Disco-Musik kostete sie das Leben ...

Ist ja auch tödlich, diese Musik! Andersartig wurden die folgenden Opfer bedroht:

Videotie?

Nein, die beiden Nackten waren nicht Adam und Eva: Eine französische Familie hatte ein Bibelvideo gekauft und war verwundert über das paradiesische Geschehen auf dem Bildschirm. Dort tummelten sich nämlich spanische Pornodarsteller, und die nahmen noch nicht einmal ein Blatt vor den Mund. Der Video-Verleger entschuldigte sich bei der Familie und schenkte ihr als kleine Entschuldigung die komplette Bibelserie – ohne spanisch-paradiesische Verwechslungen.

(Reuter)

Welch heikle Folgen eine Kombination aus Zahlungsunfähigkeit und Atomkraft haben kann, zeigt das Beispiel des russischen Militärs:

Kein Strom ohne Rubel

Rußlands Pazifikflotte hätte kürzlich fast für eine kuriose Katastrophe gesorgt. Die flotte Flotte hatte nämlich Schulden – schlappe 3,3 Millionen Mark etwa, und zwar beim Energieversorgungsunternehmen. Was tun EVUs, wenn man ihre Rechnungen nicht bezahlt? Sie schalten den Strom ab. Pech, wenn das Kühlsystem auf einem Atom-U-Boot an der Strippe hängt und russische Notstromaggregate ihrem schlechten Ruf alle Ehre machen ... Schwerbewaffnete Matrosen beendeten die Diskussion: Wer weiß, wen sie umgelegt hätten, wenn der Mann vom E-Werk dies nicht mit dem Schalter getan hätte. Jetzt erwägt die Marine, die Reaktoren der U-Boote zur Stromgewinnung umzurüsten.

(Internet/The Flummery Digest)

PROST!

Alkoholisch bedingte Blödsinnigkeit

Alkohol enthemmt – und befreit ungeahnte Kräfte. Nicht nur körperliche, sexuelle und unterhaltende Energien werden im Rausch frei – auch Zerstörerisches bricht sich Bahn, wenn die Promille steigen.

20 Russen trinken Methanol und sterben

Moskau – Wartungsarbeiter der russischen Bahn nahmen in Syzran, 750 Kilometer östlich von Moskau, über 240 Liter einer alkoholischen Flüssigkeit in der Annahme mit nach Hause, es handle sich um Schnaps. Zwanzig Personen tranken davon und starben. Vierzig weitere Menschen wurden in ernstem Zustand ins Krankenhaus gebracht. Alle hatten Methanol (= Methylalkohol) getrunken, das als Treibstoff, Lösungsmittel oder Frostschutz verwendet wird. Der Tankwagen eines Güterzuges, aus dem die farblose Flüssigkeit gestohlen wurde, trug zwar die Aufschrift »Vorsicht, Gift!«. Doch der Geruch der Flüssigkeit war so verlockend, daß die Arbeiter sie in Flaschen und Kanister abfüllten und davontrugen. Die Polizei konnte 150 Liter Methanol sicherstellen, fürchtet aber, daß noch weitere Mengen im Schwarzhandel auftauchen könnten. Eigentlich sollten die Arbeiter den Tank des Eisenbahnwagens reinigen.

(ITAR-Tass)

MENS SANA?

Medizinische Katastrophen

Von den meisten medizinischen Katastrophen, die Ärzte verursachen, hört man nichts oder nur wenig. Sie werden auch als Kunstfehler bezeichnet – und gerne unter den Teppich gekehrt.
Zum Glück für den Autor dieses Buches gibt es aber auch Patienten, die sich auf kreative Weise um ihre Gesundheit bringen und Ärzte, die ihnen in ihren Behandlungsmethoden in nichts nachstehen ...
So haben sich zu allen Zeiten und überall Menschen ungewöhnliche Gegenstände in Körperöffnungen gesteckt, sei es aus sexuellen, hobbywissenschaftlichen oder psychologischen Gründen. Der Erfolg: Ärzte mußten helfen, Steine, Cola-Flaschen, Vibratoren, Schreibgerät, Stöcke, Bälle, Schraubenzieher, Messer, Vasen, Schwämme, Flaschen, Biergläser und vieles mehr zu entfernen. Dem folgenden Patienten jedoch scheint es um Erhellung an einem sonst recht finsteren Ort gegangen zu sein:

Erleuchtung um jeden Preis?

Ein 54jähriger Mann beklagte sich darüber, daß er vor zwei Tagen Whisky getrunken und »etwas mit seinem Hintern« getan habe. Die Sache war ihm offensichtlich peinlich. Bei einer rektalen Untersuchung fand sich ein harter, glatter und kugelförmiger Gegenstand in seinem Enddarm. Danach befragt, gestand er ein, daß er um 100 Dollar gewettet habe, er könne für Erhellung an jenem finsteren Ort sorgen. Er hatte gewonnen – und dann gewartet, daß die Glühbirne von selbst wieder ans Licht käme. Im Operationssaal gelang es nach mehreren Fehlversuchen, den Leuchtkörper zu bergen – mit Hilfe eines Spielzeugpfeils mit Sauger. Dem Patienten geschah nichts. Es ist nicht bekannt, ob die Birne noch brauchbar war.

(Internet)

Im folgenden Fall konnte kein Arzt mehr helfen, denn sie kamen weit zu spät. Das Opfer stand wohl unter zu hohem sexuellem Druck:

Aufgeblasen

Thailand – Eine merkwürdige, z. T. sexuelle Vergnügung scheint unter Thailands Männern zu grassieren: Man(n) steckt sich eine Luftpumpe ins Hinterteil und bläst sich auf. Gewöhnlich wird dazu eine normale Fahrradpumpe benutzt. Gefährlicher wird es, wenn das Werkzeug perfekter wird: Ein 13jähriger Junge hatte zunächst eine Zweizylinder-Fußpumpe benutzt, doch das war ihm nicht genug. Vor Freunden hatte er damit geprahlt, daß er die Druckluftanlage einer Tankstelle benutzen wollte. Im Schutze der Dunkelheit schlich er sich zu dem Gerät. Er hatte keine Vorstellung davon, wie stark das Gerät war. Das letzte, was er tat, war eine Münze in den Schlitz stecken und den Abzug betätigen ... Er starb auf der Stelle.

(Internet/Japan Times)

Ob es sich im nächsten Fall um medizinisch heilbare Dummheit oder einfach nur um fehlende Schlafkultur handelt, mag jeder selbst entscheiden. Sie werden aber aus diesem wie aus allen anderen Fällen wichtige Erkenntnisse gewinnen, z. B.

die, daß ein Schlafzimmer unter allen Umständen gelüftet sein sollte – rät Ihnen Ihr Katastrophenmediziner-Team:

Tod durch schlechte Luft

25. März 1993 – Schlechte Ernährung und ein ungelüfteter Raum sind Ursache für den Tod eines Mannes, der an den eigenen Abgasen starb. In der Autopsie zeigte der Körper keine Verletzungen, doch enthielt das Gewebe große Mengen Methan.

Seine Nahrung bestand aus Bohnen, Kohl und Zwiebeln – genau die tödliche Zusammenstellung. Der Mann erstickte, weil seine eigenen Ausdünstungen in dem ungelüfteten Raum eine Giftgasglocke über dem Bett bildeten. Das Opfer besaß darüber hinaus »eine unnatürlich starke Befähigung zur Bildung von Methan im Darm«. Drei Männer des Rettungskommandos litten unter Erstickungsanfällen und mußten stationär behandelt werden.

Schon hart, was Ärzte so alles mitmachen. Grund zur Klage haben sie nicht. Schließlich hat jeder von ihnen den Eid des Hippokrates geschworen. Doch seltsam, wie Ärzte manchmal mit ihren Patienten umgehen ...

Sterben Sie ruhig – ich habe Frühstückspause!

Eine Kontrollorganisation für Ärzte, das North Carolina Board of Medical Examiners, suspendierte den Gehirnchirurgen Raymond Sattler vom Dienst, weil er sich in neun Fällen Schlimmes zuschulden hatte kommen lassen. U. a. hatte er während einer Hirnoperation Frühstückspause gemacht und den Patienten ohne ärztliche Betreuung mit offener Schädeldecke liegen lassen ...

(News Of The Weird)

Noch konsequenter gingen folgende Mediziner vor:

Patient vergessen – tot

Cardiff – Der 89jährige William French kam ums Leben, weil Ärzte und Pflegepersonal einer Klinik ihn schlicht vergaßen. Zwölf Tage wartete der schwerkranke Mann auf medizinische Betreuung – dann starb er an Herzversagen. Grund für den letalen Fehler: eine Neuorganisation des Klinikpersonals. Der eine Arzt glaubte vom jeweils anderen, Mr. French sei dessen Patient.

(Express/Köln)

Mit dem folgenden, äußerst widerstandsfähigen Patienten wäre es soweit vielleicht nicht gekommen ...

Der ideale Patient

Bemerkenswerte Regenerationsfähigkeit bewies ein gewisser Dick Shields in Pittsburgh, Pennsylvania. An seinem 75. Geburtstag hatte er ein Koma nach einem Blinddarmdurchbruch, einen dreifachen Bruch der Halswirbelsäule (einen davon erlitt er, als er während der Behandlung eines anderen Genickbruchs im Krankenhaus aus dem Bett fiel), einen dreifachen Bypass am Herzen, ein pampelmusengroßes Blutgerinnsel in einer Ader und eine schwere Pilzerkrankung der Fußhaut hinter sich. Außerdem hatte Mr. Shields im Zweiten Weltkrieg bei der Minenräumung gearbeitet. »Ich muß wohl einen guten Schutzengel haben!« meinte das Geburtstagskind.

(News Of The Weird)

EIGENTORE

Sport mit Folgen

Sport dient der körperlichen Ertüchtigung – so glauben zumindest viele. Wenn Sie die folgenden Beiträge gelesen haben, dürften Zweifel an dieser These gerechtfertigt scheinen ...

Boxen – gefährlich außerhalb des Rings!

Boxen dient der Körperertüchtigung? Mag sein, aber nicht immer. Jedenfalls hatte Evander Holyfield noch Glück, als Mike Tyson ihm ein Stück aus seinem Ohr biß. Holyfields Fans sind nämlich weniger zimperlich als Tyson. Schlecht erging es einem Mann, der mit einem Freund, einem Holyfield-Fan, in Streit geriet. Der schoß ihn nieder. Ein anderer Holyfield-Fan verprügelte seinen Nachbarn, einen Tyson-Fan, der ihm nach dem Kampf nicht das Geld für die verlorene Wette auszahlen wollte: 1100 Dollar, denn schließlich war Holyfield ja der Sieger. Ein dritter Holyfield-Fan verbot seiner Tochter den Umgang mit ihrem Freund, einem Tyson-Fan. Vielleicht hatte er Angst um ihre Öhrchen ...

(Reuter)

Was, wenn körperliche Befähigung und intellektuelle Kompetenz nicht harmonieren? Lesen Sie selbst ...

Absehbar ...

Was geschieht, wenn ein Bungee-Jumper sich verrechnet?

Eric A. Barcia, 22 Jahre alt und in Virginia beheimatet, sprang mit einem 52 Meter langen Seil von einer 43 Meter hohen Brücke. Sein Fehler: Das Seil war aus verschiedenen Teilstücken zusammengeknotet, deren gedehnte Länge er nicht richtig berechnet hatte ...

(Washington Post)

Sie halten Golf für eine geruhsame und ungefährliche Sportart? Einmal abgesehen von den Bällen, die bedeutende Körperteile treffen könnten – Golfern droht Schlimmeres:

Leber durch Golf geschädigt

München – Durch seine Angewohnheit, den Golfball abzulecken, kam ein irischer Rasensportler zu einer Gelbsucht. Ursache: ein Unkrautvernichtungsmittel Typ Agent Orange, mit dem der Rasen des Clubs regelmäßig behandelt wurde. Nachdem der Golfer genesen war, mußte der Rekonvaleszent sofort wieder aufs Grün – um sich einen Rückfall einzufangen. Er konnte die Leckerei nicht lassen.

(Express, Köln)

Der folgende Golfer kam bei seinem Sport gar ums Leben ...

Am letzten Loch ...

Arlington, Virginia – Am letzten Loch des Golfplatzes im Army-Navy Country Club in Even klagte Navy Lieutenant George M. Prior, 30, bereits über Kopfschmerzen. Am Abend bekam er Fieber, Schüttelfrost und einen Hautausschlag. Vier Tage später kam er mit hohem Fieber ins Krankenhaus und starb dort zehn Tage später. Ursache: ein Pflanzenschutzmittel auf dem Grün, gegen das der Golfer »überempfindlich war« (so der Hersteller).

(Internet)

Wobei die Frage aufkommt, ob man neben all den Puttern, Hölzern und Eisen beim Golf auch noch die chemische Keule braucht ...

UNTER GOTTES SCHUTZ?

Schutzengel-Geschichten

Manchmal glaubt man es einfach nicht. Katastrophen nehmen ihren Lauf, und dennoch geht ein Mensch völlig unbeschadet oder nur leicht verletzt daraus hervor ...

Schutzengel fliegt mit

Dubuque, Iowa – Einen Schutzengel aus Stoff hatte Logan Newcom, ein zweijähriger Junge. Beim Versteckspiel fiel er aus dem Fenster des zweiten Stocks – genau auf seinen Teddybär. Beide blieben unverletzt.

(USA Today)

Und manchmal gibt es auch Tröstliches in der finalen Katastrophe:

Wie gewünscht

Ozark, Montana – In der Kirche sterben, das war der letzte Wunsch von Harry Watts, wie er seiner Frau stets versichert hatte. Eines Sonntags um 11.30 Uhr wurde er ihm erfüllt. »Schon auf dem Weg zur Kirche hatte er sich nicht wohl gefühlt«, sagte seine Ehefrau.

(Nando Times)

Im folgenden Fall waren die Ordnungshüter die Schutzengel:

Das Schwert des durchgeknallten Fahrers

Aspen, Colorado – Auf dem Weg zu einem Krankenhaus fühlte sich ein unbekannter Mann im Stau so genervt, daß er aus dem Auto stieg und die übrigen Verkehrsteilnehmer mit einem gigantischen Schwert (Typ Conan der Barbar) bedrohte. Die Polizei konnte ihn beruhigen und ihm klarmachen, daß es auch mit Schwert nicht schneller voranging ...

WAHNSINN UND RANDGEBIETE

Beginnen wir mit einer sehr passenden Profession: Schon von Berufs wegen müssen sich Psychotherapeuten mit den Abgründen der menschlichen Seele befassen. Dr. Kenneth Olson tat dies besonders gründlich – und mit einer überraschenden abrechnungstechnischen Idee:

Gruppentherapie solo?

Eine Gruppentherapie hatte der Psychiater Dr. Kenneth Olson einer gewissen Nadean Cool in Appleton, Wisconsin, in Rechnung gestellt. Zuvor hatte er ihr eingeredet, sie litte unter MPD (Multiple-Personality Disorder), und ihr Körper beherberge 120 Personalitäten (darunter Satan und eine Ente). Dann kam die dicke Rechnung an die Krankenversicherung. Jetzt verklagte die Patientin ihren Arzt auf 2,4 Millionen Dollar Schadensersatz.

(News Of The Weird)

Genial – jeder Schizophrene bringt das doppelte Honorar. Soviel Einfallsreichtum würde ich mir auch anderenorts wünschen, z. B. in der Schule. Doch die hier geschilderten Unterrichtsmethoden sind eher katastrophal als kreativ:

Kamikaze-Pädagogik?

Eine Lehrerin in Tokio war so aufgebracht über ihre viel zu laute Klasse, daß sie sich vor den Augen der Kinder die Pulsadern aufschnitt. »Sie wollten einfach nicht hören. Ich dachte, das würde sie beruhigen ...«

Ganz ähnlich, aber übertrieben radikaler verfuhr ein Mann (natürlich ein Mann) in Polen:

Radikaler Männlichkeitsbeweis

Sicherlich gibt es feministische Kräfte, die nichts dagegen hätten, wenn alle Männer ihre Männlichkeit wie Krystof Azninski, Bauer aus Polen, unter Beweis stellen würden. Dieser hatte nämlich mit Freunden gezecht, und gemeinsam wollten sie nach dem Gelage Mannesmut zeigen. Also zogen sich die wackeren Herren aus und klopften sich – nackt, wie Gott sie geschaffen hatte – mit großen Eiszapfen auf die Köpfe. Dabei muß der entscheidende Dachschaden eingetreten sein, denn einer der Saufkumpanen schnappte sich eine Kettensäge und schnitt sich den Fuß ab. Das konnte Krystof Azninski nicht auf sich sitzenlassen. Blitzschnell ergriff er die Motorsäge, rief noch: »Seht euch das an!« – und sägte sich den Kopf ab. »Früher war er ein Weichling!« meinte einer seiner Freunde: »Aber er starb wie ein Mann!«

(Reuter)

Hätte er sich mit einem gewöhnlichen Kraft- oder Längenvergleich begnügt, hätte er vielleicht noch die Aktion seines französischen Bruders im Geiste mitbekommen, der ein Auto etwa sechzig Zentimeter vorwärtsbewegte – durch Kopfstöße ... Pierre Pumpille aus Lyon meinte nach der Großtat im Krankenhaus: »Die Frauen sahen mich an, als sei ich Gott!« Der Gott der himmelschreienden Ignoranz vermutlich.
Apropos Gott: Der folgende Täter erwartete einiges von seinem Schöpfer:

Mit Gottes Hilfe

Riviera Beach, Florida – Von Polizisten niedergeschossen wurde ein gewisser Gustavus Jody Francis, 22, der die Beamten mit einem Messer angriff, als sie versuchten, ihn daran zu hindern, seinen Arm abzuschneiden. Francis war überzeugt, Jesus würde den Arm ersetzen, nachdem er seine Tat vollendet hätte.

(News Of The Weird)

Irgendwie scheinen Männer großes Vergnügen daran zu finden, sich irgend etwas abzuschneiden oder abzuhacken ...

Teuflische Sache

Zuerst sah Thomas W. Passmore in Norfolk/Virginia die Zahl 666 auf seiner Hand und wußte sofort, daß sie des Teufels ist. Also schnitt er sie ab, wie es die Bibel fordert, und als man ihn ins Krankenhaus brachte, weigerte er sich, sich die Hand wieder annähen zu lassen. So weit, so schlecht.
Doch was tut dieser Thomas W. Passmore, als er wieder halbwegs bei Verstand ist? Er verklagt das Hospital auf 3,35 Millionen Dollar Schadensersatz. Die Ärzte hätten wissen müssen, daß er nicht bei Sinnen war ...

(Internet/The Flummery Digest)

Es ist keineswegs meine Absicht, mit dem folgenden Bericht Gehbehinderte zu diskriminieren. Diese sind ganz normale Menschen – und können sich entsprechend geistesschwach verhalten:

Tod durch Rollstuhl

Toronto – Bei dem Versuch, das Futterhäuschen für die Vögel auf seinem Balkon zu reinigen, stürzte ein 55jähriger Mann 23 Stockwerke tief und starb. Stefan Macko, 55, hatte sich auf seinen Rollstuhl gestellt, der sich dann wohl in Bewegung gesetzt hatte.

(Internet/Reuter)

Den Beleg dafür, daß auch »normalen« Menschen ähnliches zustoßen kann, liefern die folgenden Ereignisse – mit und ohne Alkoholeinfluß:

Vorbeugen nicht besser als heilen?

Ein angetrunkener polnischer Seemann fiel bei dem Versuch, seinen Mageninhalt mit dem Ozean zu vereinen, über die Reling des russischen Trawlers »Stanolenie« im Hafen von Anchorage, Alaska. Er hatte sich etwas zu weit nach vor gebeugt.

(News Of The Weird)

Sicherheitsexperte abgestürzt

Bei dem Versuch, die Sicherheit eines Fensters zu demonstrieren, stürzte der Angestellte einer Fensterfirma über 24 Stockwerke in den Tod. Er fiel in den Hof des Toronto Bank Towers, weil er wider Erwarten mit der Schulter eine Scheibe durchstoßen konnte. Er soll nach Auskunft seiner Firma »einer ihrer besten und intelligentesten Mitarbeiter« gewesen sein.

(Internet/UPI – Toronto)

Mancher Psychopath handelt im göttlichen Auftrag:

Striptease und Abflug auf Gottes Geheiß ...

New York – In der sicheren Überzeugung, Gottes Wort zu folgen, kletterte der dreijährige Jack Petelui auf das Dach eines Hotels, nachdem er sich zuvor seiner Oberbekleidung entledigt hatte. Er widerstand den Aufforderungen der Polizei, herunterzukommen, eine ganze Stunde lang und sprang schließlich. Doch Gottes schützende Hand errettete ihn – die Polizei hatte unterdessen ein Rettungskissen herbeigeholt.

(News Of The Weird)

Im Einzelfall ist Geistesverwirrung oft kaum zu erkennen – erst in der Summe zeigt sich der Irrsinn ...

Verspätete Opfer?

Kalifornien – Beim Erdbeben im Januar 1994 waren nach offiziellen Angaben 58 Opfer zu beklagen. Jedoch meldeten sich in den darauf folgenden sechs Monaten über 400 Personen, um die 6 000 Dollar Beerdigungsbeihilfe vom Öffentlichen Katastrophenfond zu erhalten ...

(News Of The Weird)

Körperlichen Schaden nahm bei der folgenden Geschichte niemand – und ein geistiger Defekt scheint schon vorher vorgelegen zu haben:

Mein Sohn heißt Brfxxccxxmnpckccclllmmnprxvlmnckssqlbblll6

So jedenfalls wollte eine Frau aus Varberg/Schweden ihren Sohn benennen. »Es ist eine prägnante, expressionistische Ausdrucksform«, meinte die Mutter, »und es wird ›Albin‹ ausgesprochen.« Die Behörden waren dagegen.

(gam)

Ob auch der Vater ein Rad abhat, wurde in der Meldung nicht berichtet.
Wir leben und handeln nicht nur mit gebremstem Esprit – so manches Mal bringen wir unsere schwachen Minuten auch

noch zu Papier. Dies geschieht besonders häufig dann, wenn ein Mensch ein Amt bekleidet. Vermutlich nicht nur verursacht durch das Fehlen geistigen Potentials, sondern auch unterstützt durch eine gewisse Angst, etwas falsch oder dem Buchstaben des Gesetzes nach regelwidrig durchzuführen, beginnt der Mensch, jeden Schritt seines Handels festzuschreiben und zu dokumentieren. Dieser Sachlage verdanken wir Dokumente von enormer geistiger Schönheit, wie das folgende, zu dessen Ankündigung ich bewußt viel zu viel Papier beschrieben habe:

Geht nach hinten los ...

Die Regierung des US-Staates Missouri hat ein Gesetz erlassen, das die Papierflut in Amtsstuben eindämmen soll. Das Werk wiegt 5 Pfund und umfaßt 1012 Seiten.

(AP)

PROMINENTE KATASTROPHEN

Der Tod von James Dean im Porsche und die persönliche Katastrophe von Marilyn Monroe, der Abgang von Jim Morrison und Jimi Hendrix sind schon häufig Thema gewesen. Das Lebensende der folgenden Prominenten dürfte Ihnen jedoch bisher nicht bekannt gewesen sein.

Aischylos

Dem großen griechischen Schriftsteller – er lebte um 500 vor Christus – fiel eine Schildkröte auf den Kopf. So berichtet zumindest die Legende. Ein Adler soll das Schalentier hoch in die Lüfte gehoben haben, um es durch den Aufschlag auf nackten Fels genießbar zu machen – eine frühes Verfahren zum Öffnen von Konserven sozusagen. Leider stand der große Tragödiendichter im Weg. Was für eine Tragödie ...

Attila, der Hunnenkönig

Ein Gewaltherrscher der Geschichte, dessen Reich sich vom Kaukasus bis fast an den Rhein erstreckte, starb – an Nasenbluten in seiner Hochzeitsnacht im Jahre 453. Nach einem Gelage und erotischen Freuden mit seiner jungen Braut Ildico überkam ihn im Schlaf starkes Nasenbluten. Er bemerkte es nicht und ertrank förmlich im eigenen Blut ...

Tycho Brahe

Der bedeutende dänische Astronom des 16. Jahrhunderts

ermöglichte mit seinen überaus genauen (fernrohrlosen!) Beobachtungen des Sternenhimmels die Planeten-Theorie seines Schülers Johannes Kepler. Brahe starb 1601 an einer geplatzten Blase, weil er sich an die Gepflogenheiten seiner Zeit hielt und ein ausschweifendes Bankett nicht verlassen wollte, um sich zu entleeren ...

Francis Bacon

Einer der freiesten Geister um 1600, Staatsmann, Philosoph, Schriftsteller und Wissenschaftler, starb bei einem Tiefkühlversuch: Im Jahre 1626 überkam Bacon bei einem Schneesturm die für seine Zeit wundersame Idee, Kälte zur Konservierung von Fleisch zu verwenden. Er lief zu einem nahegelegen Dorf, kaufte ein Huhn, schlachtete es und begann es – mitten im Schneesturm – mit Schnee auszustopfen, um es zum Gefrieren zu bringen. Dabei gefror er selbst ...

Horace Wells

Der Pionier der Anästhesie unternahm 1844 seine ersten einschlägigen Versuche. Später wurde er von dem betäubenden Gas Chloroform abhängig und beging im Rausch sinnlose Untaten. So besprühte er zwei Frauen mit Schwefelsäure und kam dafür ins Gefängnis. 1848 betäubte er sich ebendort mit Chloroform und schnitt sich die Pulsadern auf.

Allan Pinkerton

Der Gründer einer der berühmtesten amerikanischen Detektivagenturen, Allan Pinkerton (1819–1884), stolperte beim Frühsport, biß sich auf die Zunge und starb wenige Tage später am Wundbrand. Bei vielen hielt sich die Trauer in Grenzen, seine Methoden bei der Streik-Niederschlagung und in der Werkspionage waren nicht überall beliebt gewesen ...

Arnold Bennett

Der englische Schriftsteller Arnold Bennett (1867–1931) wollte beweisen, daß das Leitungswasser in Paris vollkommen ungefährlich sei. Er schenkte sich ein Glas voll und trank es vor den Augen seiner Freunde aus. Einige Tage später starb er an Typhus.

Isadora Duncan

Daß Sportwagen lebensgefährlich sein können, weiß jeder. Wie lebensgefährlich, erfuhr die amerikanische Tänzerin Isadora Duncan (1878–1927). Sie wollte ein Bugatti-Cabriolet kaufen und unternahm am Abend des 14. September eine Probefahrt in dem Traumwagen dieser Tage. Wegen der kühlen Abendluft schlang sie ihren langen roten Seidenschal um den Hals. Von ihren Freunden nahm sie theatralisch mit den Worten Abschied: »Lebt wohl, meine Freunde, ich fahre gen Himmel.« Als der Bugatti anfuhr, verfing sich ihr Schal in einem Hinterrad, straffte sich ruckartig und brach ihr den Hals.

Ödon von Horvath

Der Schriftsteller Ödon von Horvath (1901–1938) wurde in Paris von einem stürzenden Baum erschlagen, als er in ein Pariser Premierenkino eilen wollte. Glaubwürdigen Gerüchten zufolge trug er einen Packen pornographischer Literatur unterm Arm.

James F. Fixx

Sein Bestseller mit dem Titel »Complete Book Of Running« brachte in den 70er Jahren die Jogger auf den langen Weg. Er starb beim Joggen an einem Herzanfall. Trotz aller Laufübungen waren seine Herzkranzgefäße völlig verkalkt ...

WAHRHEIT ODER LÜGE?

Erfindungen und urbane Mythen geistern durch alle Medien. Sicher haben Sie schon das Gerücht vernommen, McDonald's fertige seine Burgers aus speziell gezüchteten Regenwürmern. Oder denken Sie an die Geschichte von der Giftspinne in der Yucca-Palme.
Erkennen können Sie Mythen dieser Art an ihren Varietäten: Sie werden immer und immer wieder neu erzählt, mit neuen Schauplätzen und geringen Veränderungen im Ablauf. Außerdem passieren solche Geschichten meist dem Bekannten eines guten Freundes – ganz ehrlich!
In dieser Qualitätsklasse gibt es auch zahllose Gerüchte im Bereich Schock und Horror – kuriose Katastrophen eben. Die meisten Legenden dieser Art besitzen einen wahren Kern, so klein er auch sein mag. Oder sie sind so »wahr«, daß sie durchaus hätten geschehen können. Bitte entscheiden Sie selbst, ob Sie die folgenden Geschichten für wahr oder erfunden halten wollen. Wenn Sie allerdings mich fragen: Bei mancher Geschichte würde ich nicht einen Pfifferling auf deren Richtigkeit geben.

Lecker – oder doch nicht ...

Der Konkurrenz von McDonald's hängt in den USA eine andere Geschichte an, die in verschiedenen Variationen erzählt wird. Dies ist die verbreitetste: Ein Mann kauft sich in einer Kentucky-Fried-Chicken-Filiale einen »Hühnersarg« mit verschiedenen gebratenen Hühnerteilen, beginnt mit Appetit zu essen und hält dann – verwundert über den ungewöhnlichen Geschmack eines Teiles – inne: Er hält eine gebratene Ratte in der Hand. Angeekelt beschließt er, den Konzern zu verklagen ...

Auch Coca-Cola blieb nicht ungeschoren. Die folgende Geschichte kursierte einige Zeit in den Vereinigten Staaten:

Cola-Schock

New York – Um seinen Hot dog hinunterzuspülen, kaufte sich ein älterer Herr im Central Park an einem Erfrischungsstand eine Flasche Coca-Cola. Er begann sie hastig zu trinken, bemerkte aber bald etwas Seltsames in der Flasche. Er leerte sie in einen Gully aus und sah durch das nun klare Glas – eine tote Ratte (Maus, Vogel, Kondom). Vor Schreck bekam der Mann einen Herzinfarkt. Er starb, bevor die Ambulanz das Hospital erreichen konnte ...

Weniger ekelhaft, aber dennoch tierisch gut ist das folgende erfundene Katastrophenszenario:

Ich glaub, mich tritt ein Nashorn!

Einen ungewöhnlichen Unfall erlitt der Lehrer John H. in einer Kleinstadt im mittleren Westen, als er nachts mit seinem Ford nach Hause fuhr. Er stieß mit einem Nashorn zusammen. Das Tier nahm keinen Schaden – wohl aber der Wagen des leicht angetrunkenen Fahrers und dessen Seelenleben. Als John H. nämlich im Polizeirevier vom Unfallgeschehen berichtete, lachten alle Beamten herzlich und quartierten ihn kostenlos für eine Nacht ein – in der Ausnüchterungszelle. Doch der Alkohol war nicht Verursacher des merkwürdigen Geschehens: Aus einem nahegelegenen Safaripark war ein Nashorn entflohen. Die Beamten bemerkten dies, als am Morgen ein Anruf aus einer nahegelegenen Wohnsiedlung einging: »Officer, kommen Sie schnell! Auf meiner Veranda frißt ein Nashorn meine Blumen!«

Im folgenden nun wieder eine erfundene Meldung, die es bis in die internationalen Nachrichten gebracht hat. Ich fand sie im »Kölner Stadtanzeiger«:

Kuh versenkt Kutter

Von einer fliegenden Kuh wurde gestern ein japanisches Fischerboot versenkt. Viehdiebe unter Rußlands Soldaten hatten gestohlene Kühe mit einem Transportflugzeug wegschaffen wollen, aber vergessen, das Milchvieh festzubinden. Als eines der Tiere während des Fluges Panik überkam, mußten die Diebe es durch die Heckklappe aus dem Flugzeug werfen, da sonst die Maschine abgestürzt wäre. Die Kuh stürzte auf einen japanischen Kutter im Ochotskischen Meer. Das Schiff sank sofort, die Mannschaft konnte gerettet werden.

Der Kuh geht es schlecht, möchte man ergänzen. Doch es gab keinen Grund, Mitleid mit der geschundenen Kreatur zu entwickeln. Die Falschmeldung stammte aus dem Internet und war über diplomatische Kanäle bis in die Presse geraten.

Der eingekochte Wellensittich

Diese Katastrophe ist eine Variante von der »Maus im Tiefkühlspinat«: Eine Frau aus X. hatte in Südfrankreich ein großes Einmachglas mit hausgemachter Pastete gekauft. Als sie es öffnete, fand sie darin neben Gänseleberpastete blaue Federn und ein winziges Skelett. Sogar der Fußring des Sittichs war noch auffindbar ...

Der unschuldige Sittich konnte sicher nichts dafür. Doch

manches Mal unterstellt die Welt der Erfindung auch den winzigsten Lebewesen boshafte Absichten, wenn es um kuriose Katastrophen geht:

In den Klauen des Grauens

Ein Mann reist nach Afrika, um dort Urlaub zu machen. Alles läuft großartig – Friede, Freude, Hirsekuchen, und der Mann kehrt äußert gebräunt wieder zurück. Vierzehn Tage lang macht er den gut erholten Strahlemann, da bricht plötzlich ein kleiner Pickel an seiner Wange auf: Dutzende winzig kleine Spinnen kommen hervor und verschwinden überall an seinem Körper und in seiner Wohnung. Der Mann ekelt sich, aber nimmt die Angelegenheit nicht ernst. Er klebt ein Pflaster auf die Wunde und versucht, die Angelegenheit zu vergessen. Doch das gelingt ihm nicht, denn die Wunde an seiner Wange will einfach nicht heilen. Sie beginnt zu eitern, wird zu einem Geschwür, das die Wange durchbricht. Erschreckt geht der Ex-Urlauber ins Krankenhaus, um sich helfen zu lassen. Zu spät: Überall an seinem Körper öffnen sich kleine Pusteln, aus denen Spinnen kriechen ...

Sicher wurde diese Geschichte von einem Reisebüro-Inhaber erfunden, der lieber Reisen in die deutsche Provinz als nach Afrika verkaufen möchte. Doch andere Berufsgruppen griffen das Thema blitzschnell auf und nutzten es zu ihren Zwecken. So hört sich die Sache an, wenn sie ein Ohrenarzt erzählt, der für regelmäßige Untersuchungen plädiert:

Geistige Leere durch Ohrwurm

Durch das Gehirn einer Frau aus Wien (wahlweise auch Tauberbischoffsheim) fraß sich ein Ohrwurm, der bei der Dame einen unachtsamen Moment nutzte, als sie auf der Wiese im Freibad lag. »Ich hatte so ein Jucken im Ohr!« erklärte sie später. Nach eigenen Angaben hatte sie den Schaden aber erst bemerkt, als »es in meinem Kopf so merkwürdig rauschte«.

Durchzug? Und noch eine Variante. Als es zu Zeiten des Rock 'n' Roll bei den Teenagern weiblichen Geschlechts Mode wurde, hochtoupiertes Haar zu tragen, lancierten gewisse Elternverbände folgende Meldung einer geradezu haarigen Katastrophe:

Tod durch Spinnenbrut im Haarturm

Zahlreiche Spinnenbisse auf der Kopfhaut führten zum Tode der Studentin Angel G. aus Los Angeles. Eine Mutterspinne der Art Tarantula hatte sich unbemerkt im Haarturm des Mädchens eingerichtet und war dort wohl aus Hunger gezwungen, zuzubeißen.

Zurück zum Thema »Moderne Katastrophen der Ernährung«:

Seltsame Soße ...

Nach dem Verzehr eines Fast-food-Gerichtes wurde es einer Frau in Florida (oder Gelsenkirchen) schlecht. Sie begab sich in ein Krankenhaus, wo ihr der Magen ausgepumpt wurde. Die seltsame Konsistenz und der Geruch des Mageninhaltes veranlaßte den behandelnden Arzt zu einer Laboruntersuchung. Das Ergebnis: In der Soße fand sich das Sperma fünf verschiedener Männer (!), die wohl ein merkwürdiges Küchenritual abgehalten haben müssen ...

An ein Wirken des Schattenreichs mußte eine Frau denken, die ihr geliebtes Haustier verloren hatte:

Auferstehung ...

Ihren toten Hund in Heimaterde beisetzen wollte eine Frau

aus Israel. Sie transportierte ihn in der Hundebox, in der er schon zu Lebzeiten unterwegs gewesen war, im Laderaum desselben Flugzeugs, in dem auch sie reiste.
Beim Ausladen bemerkten die Mitarbeiter der Fluglinie, daß in dem Hundebehälter ein toter Hund lag – und folgerten scharfsinnig, daß dieser während des Fluges gestorben sein müsse. Um der Fluglinie Ärger zu ersparen, beschafften sie augenblicklich einen nahezu gleichen Hund aus einer Tierhandlung ...
Etwas verwundert wartete unterdessen die Hundeleichenhalterin an der Gepäckausgabe. Alle Koffer waren bereits ausgeliefert, nur ihr Vierbeiner fehlte noch. Wo blieb er denn nur? Keine Grenzen kannte dann die Verwunderung der Dame, als in Hundis Behälter kräftiges Gekläff zu hören war ...

... und Exhumierung

Diese Geschichte ist sogar schon verfilmt worden, stammt aber ebenfalls aus dem Fundus kreativer Sprachschöpfung: Der Jagdhund der Familie Hunter hatte, wie Jagdhunde es nun einmal tun, Beute gemacht: ausgerechnet das Kaninchen der Familie Snuggle, das im Hof des Nachbarhauses freien Auslauf genoß. Stolz brachte Bonzo eines Nachts die Beute heim.
Was sollte Familie Hunter tun? Den Mordfall vertuschen, beschloß das Familienoberhaupt, badete den toten Hüpfer, fönte das arg strapazierte Fell und legte das nahezu runderneuerte Kaninchen zurück in seinen Käfig. Snuggles sollten glauben, der langohrige Hausgenosse hätte aus eigenem Antrieb abgedankt ...
Was danach geschah? Am nächsten Tag klingelte Frau Snuggle bei den Hunters: »Stellen Sie sich mal vor«, berichtete sie erbost. »Gestern nachmittag ist unser Kaninchen gestorben. Wir haben es hinten im Garten beerdigt. Und heute

nacht ist irgendein Verrückter gekommen, hat es ausgegraben und in seinen Käfig zurückgelegt!«

In dieser Geschichte geht Besitz verloren – sehr persönlicher Besitz ...

Footlose

Bei einem Verkehrsunfall wurde einem Autofahrer der untere rechte Fuß abgetrennt. Zum Glück war die Rettung schnell zur Stelle und brachte Mann und Bein in die nahegelegene Klinik. Dort sollte der Fuß in einer komplizierten Operation wieder befestigt werden, doch – der Fuß war fort, aus dem Krankenwagen verschwunden. Spurlos. Die Wunde des Mannes mußte versorgt werden, und er mußte sich auf das Leben mit einer Prothese einstellen.
Am Tag nach dem Unfall ging es dem Geschädigten überraschend gut, und er verlangte nach der Morgenzeitung. Seine Laune verschlechterte sich jedoch schlagartig, als er auf der Lokalseite folgende Meldung las: »FUSSTRANSPLANTATION GELUNGEN!« Dort wurde darüber berichtet, daß in einer Klinik eines anderen Stadtteils einem Unfallverletzten der Fuß eines »anonymen Spenders« verpflanzt werden konnte. Nachforschungen ergaben eindeutig: Es war das gesuchte Bein ...

Doch genug der bodenständigen Berichte, hier wieder etwas eher Abgehobenes: Als die Drogen Mode wurden, begannen Gegner der zunehmenden Rauschkultur damit, Falschmeldungen in die Welt zu setzen, die über grauenerregende Exzesse und Unfälle im Drogenrausch berichteten. So wurde die Mär gestreut, LSD-Jünger seien in der Wahnvorstellung, Vögel zu sein, aus dem Fenster gesprungen. Anderenorts wurde Dealern nachgesagt, sie transportierten Rauschgift in Särgen mit ausgehöhlten Kinderleichen über die Grenzen.

Manchmal waren die Meldungen jedoch nicht derart plump gefälscht, sondern erschienen durchaus glaubwürdig. Die Medien nahmen derartige Erfindungen ernst und veröffentlichten sie sogar. So berichtete die »Los Angeles Times«:

Zu lange in die Sonne gestarrt

Santa Barbara – Vier Studenten trugen irreparablen Schaden an ihrem Gesichtssinn davon, weil sie unter dem Einfluß von LSD in die Sonne starrten, so berichtete ein Sprecher der Augenklinik. »Wir hielten eine religiöse Zwiesprache mit der Sonne ab!« berichtete eines der Opfer.

Eine andere wirre Legende sollte besonders abschreckend wirken. Das gelang zwar nicht wirklich, aber die Geschichte zog in zahllosen unterhaltenden Varianten durch die Gerüchteküche:

Bitte nicht austrinken!

Ein Drogenkurier hatte sich gut 100 LSD-Folien-Trips mit Klebeband am Bauch befestigt, als er am Flughafen in eine Polizeikontrolle geriet – jemand mußte ihn »verpfiffen« haben. Zunächst gelang dem Kurier die Flucht – zu Fuß hastete er durch die Eingangshalle und konnte sich im Gepäckhangar verstecken. Doch dann geschah etwas Unerwartetes: Durch das Rennen auf der Flucht war der Mann naßgeschwitzt, und der Schweiß löste den Wirkstoff aus den Folien. Gut 100 Dosen LSD drangen durch die Haut des Kuriers ...
Als die Polizei ihn fand, saß er seltsam steif auf einem Tisch in der Personalkantine. »Bitte nicht austrinken!« sagte er zu dem Beamten, der ihn festnehmen wollte. Wie Nachforschungen in der Psychiatrie ergaben, hielt sich der Mann für ein Glas Orangensaft ...

Es ist zu hoffen, daß er in einem bequemen Kühlschrank frisch bleibt.
Wenn es um ihre Kinder geht, verstehen Eltern keinerlei Spaß. So raste das folgende Gerücht wie ein Lauffeuer um die Welt und schreckte Lehrer und Eltern über die Maßen auf:

LSD in »Tattoos«

Ein Sprecher der Polizei erklärte, es sei LSD in den sogenannten »Blue Star Tattoos« gefunden worden, die skrupellose Geschäftemacher aus der Drogenszene vor Schulen und Kindergärten verteilt hatten. Motiv der Aufreibe-Tätowierung: Mickey Mouse.

Wie gemein! In späteren Versionen der Geschichte zeigt das Tattoo dann Bart Simpson oder Aladin.
Eine weitere Gefahrenquelle im Reich der Phantasie: Babysitter und Drogen ...

Hippie-Babysitter brät das Kind!

Ausgerechnet ein Hippie-Mädchen hatte sich ein junges Paar aus San Francisco als Babysitter ausgesucht. Als die Mutter in der Pause des Konzerts zu Hause anrief, erklärte die Babysitterin, alles sei in Ordnung, und der Truthahn sei im Ofen. Als der Mutter einfiel, daß sie keinen Truthahn im Hause hatte, war es schon zu spät ...

Doch nicht nur Babys sind in Gefahr. Wachsen die Kinder zu Jugendlichen heran, drohen ihnen neue Gefahren, wenn man der weltweiten Gerüchteküche glauben darf:

Mörderische Mode: Jeans erdrosseln Teenager

Als ein gewisser John Smith (Name der Redaktion völlig

gleichgültig) seine Shrink-to-fit-Jeans der Marke Levi anzog und in der Badewanne zu perfekter Paßform bringen wollte, schrumpften die Hosen der Baureihe 501 überraschend stark, quetschten den Jungen ein, brachten seinen Blutkreislauf zum Stillstand und töteten ihn ...

Unglaublich, finden Sie? Genau. Deshalb werden auch weniger letale Varianten erzählt. In einer schaffte es ein Rettungsteam mit einer Seilwinde gerade noch, den Jungen – entmannt, aber noch lebendig – aus der mörderischen Hose zu ziehen. In einer anderen trägt eine junge Dame das Beinkleid, und ein Ärzteteam entfernt die Hose in einer Notoperation im Rettungshubschrauber ...

Verwandtschaft ist etwas Besonderes, und die Bande des Blutes sind stark. Jeder freut sich über Sympathiebekundungen der seinen, und man ist gar gerührt, wenn die Verwandtenliebe über den Tod hinausreicht.
So erging es einer Familie, deren Erbonkel im exotischen Ausland gelebt hatte und eine beachtliche Erbschaft hinterließ. Die Geschichte klingt so wahr, daß sie durchaus geschehen sein könnte:

Immer bei den Seinen

Nach seinem Tode wurde das Vermögen eines Amerikaners (Briten, Kenianers, ...) und sein ganzer Nachlaß in die Heimat transferiert und der Familie seines Bruders übereignet: eine beachtliche Summe Geldes, Bücher, Handschriften, ein paar Kisten mit persönlichen Kleinigkeiten und eine letzte mit Küchengeräten samt exotischen Gewürzen. Verschiedene Sorten Curry, Kurkuma, Kreuzkümmel und Pfeffer waren in schönen folkloristischen Gefäßen, die der tote Onkel liebevoll beschriftet hatte. Nur eines hatte keine Aufschrift. Es enthielt ein dunkelgraues Pulver, das besonders zu Tomaten und gebratenem Fleisch hervorragend mundete. Erst als das Gefäß sich geleert hatte, kam auf dem Boden ein handgeschriebener Zettel zutage: »Hat es euch geschmeckt? Ich finde es schön, daß meine Asche nun in jedem von euch ist ...«

Leider wahr ist schon mehrfach das folgende Szenario geworden:

Der dritte Gast war tot ...

Pasadena, Cincinnati – Im Juli 1996 wurde unter der Matratze eines Hotelzimmers die Leiche einer Frau gefunden. Sie war bereits zehn Tage tot. Die Bewohner des Zimmers, ein Touristenpaar, hatte sich tagelang und mehrfach über den muffigen Geruch im Zimmer beschwert.

Nicht nur derartige Katastrophen, nein, auch finanzielle Probleme können jedermann den Spaß am Leben nehmen. Dennoch ist die folgende Geschichte wieder reine Erfindung:

Die Harley vom King

Indiana – Ein Biker namens Dylon McSwiney (oder Swiney McDylon) kaufte sich für 600 Dollar eine alte Harley-Davidson, um sie wieder aufzubauen. Weil ihm einige Ersatzteile fehlten, rief er kurz darauf bei seinem örtlichen Harley-Händler an und beschrieb ihm das Motorrad genau: Typ, Lackierung, fehlende Teile. Der Händler erklärte dem Mann, daß es wohl das Beste sein würde, wenn er einmal vorbeikäme.

Als der Biker tags darauf hinfährt, bietet ihm der Händler 100 000 Dollar für die Maschine. Kein schlechtes Geschäft, denkt er und verkauft das Bike gegen einen Scheck. Kaum ist das Geld auf seinem Konto, liest McSwiney in der örtlichen

Tageszeichnung: »HARLEY-HÄNDLER FINDET ELVIS' BIKE – VIER MILLIONEN SIND GEBOTEN!« Der Beweis für die Echtheit fand sich unter dem Sitz der Maschine. Dort stand eingraviert: »To Elvis, from James Dean.«

Vielen Dank!

Puh, mir geht die Puste aus! Es war nicht einfach, derart viele kuriose Katastrophen zusammenzutragen. Für die Hilfe möchte ich allen Katastrophensammlern, meinen Mitarbeitern und allen freiwilligen Zuträgern danken und diese Danksagung mit der Bitte an meine Leserinnen und Leser verbinden, mich mit vielen neuen Zusendungen zu beglücken, damit vielleicht ein zweiter Band entstehen kann. Senden Sie Ihre persönliche kuriose Katastrophe an:

Verlag Carl Ueberreuter
Katastrophen-Lektorat
Postfach 306
A-1091 Wien

Vielen Dank!

Gerhard Haderer

Think positive

Die besten Cartoons aus 10 Jahren

Die 180 besten Cartoons von Gerhard Haderer
in einem Band!
Die Arbeiten des bekannten Karikaturisten
zählen zum Stärksten, was das Genre zu bieten hat:
Sie sind so witzig wie hintergründig,
so aktuell treffend wie zeitlos komisch.

208 Seiten

Liliana Gracanin

Brillante Verbrechen

Die schönsten Juwelen
Die besten Diebe
Die prominentesten Opfer

Wer Diamanten besitzt, lebt gefährlich. Denn der Glanz der Edelsteine hat zu allen Zeiten Könige und Diebe zu Verbrechen verführt. Dieses Buch erzählt die bisweilen skurrile Geschichte der Menschen, die für Juwelen auch über Leichen gingen ...

256 Seiten

UEBERREUTER